嫌疑人X的献身

〔日〕东野圭吾 著

张舟 译

新经典文化股份有限公司
www.readinglife.com
出 品

嫌疑人Ｘ的献身

1

早上七点三十五分，石神像往常一样出了门。虽说已进入三月，风还是十分刺骨。他把下巴埋在围巾里，走了出去。走上马路前，石神朝自行车棚瞥了一眼。那里停着几辆自行车，里面没有他在意的绿色那辆。

向南走约二十米，能看到一条宽阔的马路。那是新大桥路。向左，也就是往东走，可去往江户川区，往西则能到日本桥。隅田川在日本桥跟前，要过河就得走新大桥。沿此径直向南是石神上班的最短路径。数百米开外，有一处名为"清澄庭园"的公园，石神就在公园前的私立高中工作。他是一名老师，教数学。

眼前的信号灯即将变成红色，石神便右转朝新大桥走去。风迎面吹来，卷起他的大衣。他两手插在口袋里，走路时稍稍有些驼背。

厚厚的云层覆盖着天空。云的颜色倒映在河面上，令隅田川显得有些混浊。一只小船正向上游航行，石神眺望着它，走过新大桥。

过桥后，他走下桥畔的台阶，钻过桥底，沿隅田川继续步行。

河的两岸均有散步道，但想要享受散步乐趣的家人或情侣，往往会选择从前面的清洲桥一带开始，因此，即便是休息日，新大桥附近的人也不多。至于原因，只要来过一次就能马上明白：这里坐落着一排覆盖着蓝色塑料布的小屋，是流浪汉们住的地方。头顶上方就是高速公路，这地方算得上是挡风避雨的绝佳选项。相比之下，河对岸则一间蓝色小屋也没有。这或许是因为流浪汉们挤在一起抱团生活更为方便。

石神从那排蓝色小屋前走过，神情淡漠。小屋充其量不过一人高，有的甚至只到腰间，说是小屋，倒不如称之为箱子更贴切，但只是在里面睡觉的话应该也足够了。小屋或者说箱子的附近都挂着晾衣架，像是商量好了似的，以此表明这里是生活空间。

一个男人正靠在堤坝边的栏杆上刷牙，石神常能见到他。男人大约已年过六十，花白的头发束在脑后。他今天大概没有工作的打算，因为要想干点体力活，他就不会在这个时间闲逛，毕竟这类工作得从一大早就开始找。他应该也不准备去职业介绍所。即便有人给他介绍了工作，就看他那从来不修剪的头发，连面试都没法参加。当然，以他的年纪，给他介绍工作的可能性恐怕也几乎为零。

还有一个男人，正在自家窝棚边把大量空罐头一一压扁。这样的场景石神之前也见过几次，所以悄悄给他取了个外号，叫"罐头男"。罐头男看上去大约五十岁，日用品一应俱全，甚至还有自行车。收集罐头时，这辆车想必让他方便了不少。他的箱子在最尾端且略微靠里的地方，在这里算是"特等席"。因此，石神猜测罐头男应该在这个群体中德高望众。

走过那排盖着蓝色塑料布的小屋后，石神又向前走了一会儿，看到一个男人坐在长凳上。他那本应是米色的大衣脏得已近灰色，大衣下是短外套，里面则是衬衫。至于领带，石神推测多半是在大衣口袋里。前些天，石神看到男人在读工业类的杂志，便在心里给他取名为"技师"。技师一直留着短发，胡子也剃得很干净，可见他还没有放弃再次就业的打算，或许准备一会儿就去职业介绍所。但是他恐怕也没法找到工作，因为要工作首先得放弃自尊。

石神第一次见到技师大约是在十天前，而他到了今天还没有习惯蓝色塑料布下的生活。试图与之划清界限，又不懂该怎样作为流浪汉生存下去，只能沦落此地。

石神沿隅田川继续前行。清洲桥前，一个老妇人正牵着三只狗散步。三只都是小型腊肠犬，颈上各套着红、蓝和粉色项圈。石神走近后，老妇人似乎也注意到了他，微微一笑，轻轻点头致意。石神点头回礼。

"早上好。"石神主动寒暄。

"早上好。今天早上也很冷啊。"

"是。"石神皱起了眉头。

二人错身而过时，老妇人对石神说："您走好，多保重。"

石神重重点头，说了声"好"。

石神曾见老妇人提着便利店的袋子，里面装的三明治多半是她的早餐，因此认定她独自生活。她应该住得不远，石神见她穿过拖鞋——穿拖鞋不能开车。老妇人失去了伴侣，在附近的公寓里和三只狗相依为命，而且房子能养得下三只狗，想必相当宽敞。不过，也正是因为这三只狗，她不能搬去面积更小但更为舒适的房子。房贷可能已经还清，只是仍需要支付物业费，因此她必须省吃俭用。这一整个冬天，她还是没能去美容院，也没有染发。

石神在清洲桥前上了台阶。要去那所高中，就必须在这里过桥，然而他却走向了相反的方向。

一块招牌面向道路而立,上面写着"弁天亭"。这是一家小小的便当店。石神拉开了玻璃门。

"欢迎光临。早上好。"从柜台那头传来的声音石神早已熟悉,但每次听到,他都会有全新的感受。花冈靖子戴着白帽子,脸上笑意盈盈。

店里没有其他顾客,石神不由得更开心了。"我要标配便当……"

"好的,标配便当一份。承蒙每次光临,非常感谢。"

靖子声音明快,不过石神不知道她此刻是什么表情。他不敢直视她,眼睛一直盯着钱包。怎么说二人也是邻居,除了买便当,石神还想和她随便聊些什么,可又想不出任何话题。

付款时,他终于说了一句"天气很冷啊",然而,身后进店的顾客拉开玻璃门的声音掩盖了这句嘟囔似的低语。靖子的注意力似乎转向了那边。

石神拎着便当出了店门,这次他终于走向了清洲桥。之所以绕道,就是为了去一趟弁天亭。

早高峰一过,弁天亭便空闲下来,但只是暂时没有顾客,店里马上要准备中午的便当。几家公司订的午餐需要在十二点前送到,没有顾客时,靖子也要去厨房帮忙。

包括靖子在内,弁天亭共有四名员工。经营店铺的米泽和他的妻子小代子负责烹饪,配送是临时工金子的工作,在店里招呼顾客的活儿几乎都交给了靖子。

做这份工作之前,靖子一直在锦糸町的夜总会工作。米泽是常去店里喝酒的客人。小代子是夜总会的妈妈桑,也是米泽的妻子,这件事靖子在小代子辞职的前一刻才知道,还是小代子亲自告诉她的。

"夜总会的妈妈桑摇身一变,成了便当店的老板娘。人生还真是无常。"客人们议论纷纷。不过据小代子说,开便当店是夫妇俩多年的梦想,她是为了实现梦想才去夜总会工作的。

弁天亭开张后,靖子不时会过去看看,经营得好像还挺顺利,而接受邀请去店里帮忙,则是整整一年后的事了。小代子说仅靠夫妇二人打理一切,无论是体力还是精力上都有些吃不消。

"靖子,你不能永远在夜总会干下去吧?小美里也长大了,很快就会因自己的妈妈是女招待这件事感到自卑。"小代子随即又补充了一句,"当然,可能是我多管闲事了。"

美里是靖子的独生女。靖子和丈夫五年前就离婚了,母女二人相依为命。不用小代子说,靖子也觉得不能再这样下去。美里固然是原因之一,自己的年龄也是问题,夜总会未必会让她一直做下去。

最终,靖子只考虑了一天就下定了决心。夜总会那边没有多做挽留,只说了一句"不错嘛"。这让她明白,周围的人其实也在担忧女招待老去后的出路。

去年春天,美里升入初中,为了离弁天亭近一些,靖子和女儿搬进了现在的公寓。与以往不同,靖子现在的工作始于清晨,她需要在六点起床,六点半骑上那辆绿色的自行车离开公寓。

"那个高中老师今天早上也来了?"休息时,小代子问道。

"来了。他不是每天都来吗?"靖子回答。

小代子和丈夫对视了一眼,默默地笑了。

"干吗呀,笑得让人浑身难受。"

"不,我们没别的意思。就是昨天我们讨论来着,说那个老师是喜欢上你了吧。"

"啊？"靖子端着茶碗忘了放下，身子向后一缩。

"你看啊，昨天你不是休息吗，那个老师就没来。他明明每天都来，可你不在的时候就不来了，你不觉得奇怪吗？"

"只是碰巧吧。"

"我觉得不是……你说对吧？"小代子征求丈夫的赞同。

米泽笑着点头。"我老婆说，一直都是这样。靖子休息，那个老师就不会来买便当。我之前还有所怀疑，直到昨天才确信。"

"可是除了法定休息日，我的休息时间并不固定，连星期几都一直在变。"

"所以才更可疑啊。那个老师就住在你隔壁吧？多半是根据你出门的情况来确定你是否上班的。"

"我出门的时候从来没见到过他。"

"是从什么地方看到的吧，比如窗口。"

"从窗口应该看不到。"

"无所谓啦。他真有这个心的话，过不久就会来跟你说了。托靖子的福，我们有了固定客户，这对我们店来说可是件值得庆贺的事。到底是在锦丝町历练过的。"米泽总结陈词似的说道。

靖子苦笑，喝光了剩下的茶水，回想起刚才提到的那个高中老师。

他姓石神。搬来公寓的那天晚上，靖子上门和他打过招呼，在高中当老师的事就是那时听他说的。他体形矮胖，脸又圆又大，眼睛像线一样细，头发短而稀疏，看上去将近五十岁，实际可能要年轻一些。石神好像不太注重打扮，总是穿着同样的衣服。一件茶色毛衣，外面再披上大衣，基本就是这个冬天他来买便当时的装束了。

别看他不修边幅,衣服倒是洗得很勤快,狭小的阳台上时常晾着衣物。他似乎单身,靖子猜想他恐怕还没结过婚。

大家都说那个老师对她有意,她却完全没有察觉。对靖子而言,石神就像公寓墙壁上的裂缝,知道它的存在,但并未特别留意,而且她确信不必去留意。

遇见了会打招呼,在公寓管理的问题上也找他咨询过,但靖子对石神几乎一无所知,甚至直到最近才知道他是教数学的。她曾看到破旧的数学参考书用绳子捆成一摞,堆放在石神家门口。

不来找我约会就行,靖子想,不过随即苦笑起来。那个怎么看都是一副正经模样的人要是来约自己,不知开口时脸上会是什么表情。

与往常一样,临近中午时店里又繁忙起来,正午过后是最忙碌的时候。等工作全部告一段落,已是下午一点多了。一直以来都是如此。

靖子更换收银机的纸带时,玻璃门开了,有人走进来。

"欢迎光临。"靖子打着招呼抬起头,刹那间僵住了,她双目圆睁,说不出话来。

"挺精神嘛。"男人朝她笑了笑,眼神晦暗又混浊。

"你……怎么会来这里?"

"没必要这么吃惊吧。就算是我这样的人,只要有心,想查离了婚的老婆现在住在哪儿,还是能查到的。"男人把双手插进藏青色夹克的口袋里,环视着店内,像在物色什么。

"事到如今,你还来干什么?"靖子语气尖锐,但刻意压低了声音。她不想惊动里面的米泽夫妇。

"别这么横眉竖眼的。我们好久没见了,就算是装装样子你也给我笑一个不行吗，嗯？"男人脸上依旧是一副讨人嫌的笑容。

"没事的话就走。"

"就是有事才来的。我是诚心诚意有话要跟你说，你能不能出来一下？"

"说什么蠢话。你看我这个样子，就该知道现在是工作时间。"靖子刚说完就后悔了，因为这样说，会被对方理解成如果不是工作时间，倒可以和他聊聊。

男人舔了一下嘴唇。"工作几点结束？"

"我不想听你说话。求你了，快走！不要再来了！"

"真是无情啊。"

"还用说吗？"靖子望向店门口，暗自期待着有顾客上门，但似乎没人要进来。

"既然你对我这么无情，那就没办法了。要不我去那边看看？"男人揉了揉后颈。

"你什么意思？那边是哪边？"靖子有种不祥的预感。

"老婆不听我说话，我只好去见女儿了，她的初中就在这附近吧？"

男人说的正是靖子所害怕的。

"不行，你别去见那孩子。"

"那你想办法解决，我反正无所谓。"

靖子叹了口气，现在她只想把这个男人轰走。"工作要到六点才结束。"

"要从一大早干到六点啊，你这工作时间可真够长的。"

"不关你的事。"

"那我六点再过来就行了，对吧？"

"不要来这里。门前的那条路往右直走,有个宽阔的十字路口,路口前有家家庭餐馆,六点半你去那里找我。"

"知道了。你一定要来啊,要是不来的话——"

"我会去的,所以你现在赶紧走。"

"知道啦,真薄情。"男人再次环顾店内后转身离去。出店时,他粗暴地关上了玻璃门。

靖子用手抵住额头。她隐隐感到头痛,还有点恶心,绝望在心中弥漫。

和富樫慎二结婚是八年前的事。当时,靖子在赤坂做女招待,富樫是那里的常客。

富樫很有钱,称自己是进口汽车的销售。他给靖子买昂贵的礼物,还带她去高级餐厅,因此当他向靖子求婚时,靖子感觉自己就像电影《漂亮女人》里的茱莉娅·罗伯茨。靖子的第一段婚姻以失败告终,她早已厌倦了一边工作一边抚养独生女的生活。

刚结婚没多久的那段时光是幸福的,富樫收入稳定,靖子得以从陪酒行业脱身。他很疼爱美里,美里似乎也在努力接受这个父亲。

没想到,家庭的破碎突如其来。富樫因常年挪用公款被解雇了。公司并未起诉他,因为上司们害怕担上管理不严的责任,巧妙地把这件事瞒了过去。简单来说,富樫在赤坂大把大把撒的都是脏钱。

从那以后,富樫像变了个人。不,也许该说是暴露出了本性。他不再工作,整日不是无所事事,就是出去赌博。靖子要是为此抱怨几句,富樫就会暴力相向。他总是一副醉醺醺的样子,酒越喝越多,眼里露着凶光。

就这样,靖子只得再次出去工作,可辛苦赚来的钱却都被富樫用暴力抢走了。如果她把钱藏起来，富樫甚至会在发薪日先她一步来到店里，擅自领走她的工资。

对于这个继父，美里心里只剩下恐惧。她讨厌和富樫两个人在家，有时甚至会跑去靖子工作的店里待着。

靖子向富樫提出离婚，可对方充耳不闻。她偶尔追问得紧了，富樫又会拳脚相加。靖子非常苦恼，最后只好找客人介绍的律师商量。在律师的帮助下，富樫才勉强在离婚申请书上盖了章。看来他也明白，一旦闹上法庭，非但毫无胜算，还会被要求支付精神损失费。

然而问题并没有解决。离婚后，富樫仍时常出现在靖子母女面前，每次都是同一套说辞：以后他会洗心革面努力工作，能不能考虑复婚。靖子躲着不见他，他就去接近美里，有时还会在校门外等。

看着富樫下跪道歉的模样，靖子明知是演戏，仍觉得他可怜。也许是因为二人毕竟做过夫妻，靖子心里多少还留有一点情意，就忍不住给了他钱。这是她犯的最大的错误：尝到甜头的富樫来得更频繁了。他仍然态度卑微，脸皮却越来越厚。

靖子换了工作的店，也搬了家。可怜的美里不得不跟着转学。靖子去锦系町的夜总会工作后，富樫没再出现过。后来靖子又搬了一次家，开始在弁天亭工作，到现在已将近一年。她相信自己与那瘟神再无瓜葛了。

不能给米泽夫妇添麻烦，也不能让美里发现，无论如何都必须靠自己的力量，让那个男人不再出现。靖子盯着墙上的钟，下定了决心。

到了约定的时间，靖子前往那家家庭餐馆。富樫正在靠窗的座位上抽烟，桌上摆着咖啡杯。靖子落座后向女服务员要了热巧克力，虽然其他饮料能免费续杯,但她并不打算在这里久留。

"好了,什么事?"靖子瞪着富樫。

富樫忽然笑了。"哎,别那么着急嘛。"

"我很忙,有事快说。"

"靖子……"富樫伸出手,似乎要摸靖子放在桌上的手。见靖子察觉后缩回了手,他努努嘴说:"你不太高兴啊。"

"这还用说吗?我走到哪里你就跟到哪里,你到底想干什么?"

"不用拿这种口气说话吧。别看我这样,我可是很认真的。"

"认真什么?"

这时,女服务员端来了热巧克力,靖子立刻接过杯子。她打算赶紧喝完,然后起身离开。

"你还是一个人吧?"富樫讨好般看着靖子。

"这不关你的事。"

"一个女人独自抚养女儿可是很辛苦的,以后要花的钱也会越来越多。在那种便当店工作,将来能有保障吗?要不你再考虑一下?我也和从前不一样了。"

"哪里不一样?好,我问你,你在好好工作吗?"

"我会去工作的,而且已经找到了。"

"这不就是还没在工作的意思吗?"

"我都说了已经有工作了,从下个月开始。虽然是家新公司,等走上正轨,应该就能让你们过上轻松的日子了。"

"不用了。你既然能赚那么多钱,去找别的对象不好吗?求你了,别再惦记我们了。"

"靖子,我需要你啊。"富樫再次伸出手,想握住靖子拿着杯子的手。

"别碰我！"靖子说着甩开了他。杯子里的热巧克力随即洒出来一些，溅到了富樫的手上。

"好烫！"富樫立刻缩回手盯着靖子，目光中带有憎恶。

"少说好听的话，你以为我还会相信这些吗？以前我就说过，我一点也没有要和你复合的意思，你就死了这条心吧，明白了吗？"

靖子站了起来，富樫仍默默地注视着她。靖子无视他的目光，把热巧克力的钱放到桌面上，转身向门口走去。

离开餐馆后，靖子跨上停在店旁的自行车，立刻蹬起了脚踏板。要是磨磨蹭蹭的，让富樫追过来就麻烦了。靖子沿着清洲桥路直行，一过清洲桥便向左拐去。

她自认为该说的都已经说了，但并不觉得富樫会就此放弃。他大概很快就会再来便当店纠缠，生出事端，给店里添麻烦。他可能还会去美里就读的初中。那个男人在等靖子投降，以为靖子会坚持不下去而再次给他钱。

靖子回到公寓，开始准备晚饭。说是准备，其实只是把店里卖剩下的熟食拿回家重新加热，但她还是时不时停下手。令人厌恶的场景充斥在她的脑海中，她不知不觉间就走神了。

现在正是美里快要回来的时候。她参加了羽毛球社，训练结束后经常会和社里的同伴闲聊一会儿，到家大概要在七点之后了。

这时，门铃突然响了。靖子有些意外，如果是美里，应该有钥匙。她走向玄关。

"来了。"靖子在门内侧问道，"谁啊？"

片刻后，门外传来回答声："是我。"

靖子只觉得眼前一黑，不祥的预感果然应验了。富樫连这栋公寓都追查到了，多半是从弁天亭就开始跟踪过她。

靖子没作声，富樫便敲起了门。"喂！"

靖子摇着头打开了门锁，但没有取下防盗链。

门刚打开约十厘米的缝隙时，富樫的脸立刻出现了。他向靖子咧嘴一笑，露出了黄色的牙齿。

"走开！你来这里干什么！"

"我的话还没说完呢，你怎么还是这么性急。"

"我不是说了，你别再来纠缠我吗？"

"听我说几句又能怎么样？先让我进去。"

"不要！你快走开！"

"不让我进去的话，我就在这里等着好了。反正美里快回来了吧？和你说不上话，我就跟她说去。"

"这事跟那孩子有什么关系！"

"那就让我进去。"

"我要报警了！"

"随便你，去报呀。来看离了婚的老婆有什么问题？警察也会向着我，说'夫人啊，让他进去有什么关系呢'。"

靖子咬了咬嘴唇。虽然不甘心，但富樫说得没错。以前靖子也叫来过几次警察，可他们从未帮过她。她不想在这里把事情闹大。靖子没有担保人，房东好不容易才愿意租房子给她，一旦传出奇怪的流言，哪怕只是捕风捉影，母女俩都有被赶走的危险。

"那你说完就马上走。"

"知道啦。"富樫露出了得意扬扬的表情。

取下防盗链后，靖子重新打开门。富樫一边脱鞋，一边仔细打量室内。这里有两间屋子，一进门是一间六叠①大的和室，右侧有一个小厨房，靠里还有一间四叠半的和室连着阳台。

"看着又小又旧，不过算是不错了。"稍大的那间和室中央放着被炉，富樫恬不知耻地把脚伸了进去，"搞什么啊，怎么没通电。"说着，他擅自打开了开关。

"我知道你在打什么主意。"靖子站在原地，俯视着富樫，"说来说去，还不是为了钱。"

"你这是什么意思？"富樫从夹克口袋里取出一盒七星牌香烟。用一次性打火机点燃香烟后，他环顾四周，这才发现没有烟灰缸。他探出身，从装有不可燃垃圾的袋子里找出一个空罐，把烟灰弹在里面。

"意思就是你只想从我这里讹钱。说白了就是这么一回事！"

"好吧，你要这么想也行。"

"钱我是一分也不会给的。"

"哦，是吗？"

"所以你赶紧给我回去，不要再来了。"靖子不客气地说道。这时，门被猛地推开，身穿校服的美里走了进来。她发现家里有客人，顿时站住了，意识到来人的身份，她脸上立刻浮现出胆怯又失望的表情，羽毛球拍也从手中滑落下来。

"美里，好久没见了，都长这么大啦。"富樫漫不经心地说道。

美里瞥了靖子一眼，脱掉运动鞋，一声不吭地进了房间。她径直走到里屋，紧紧拉上了纸拉门。

富樫慢条斯理地开口道："你怎么想我不知道，我只是想和你重

---

① 日本计量房屋面积的单位，1叠约为1.62平方米。

新开始。这个请求有那么糟糕吗？"

"我不是说了吗，我没有这个意愿。你自己都不相信我会答应吧？你只是把这个当作纠缠我的借口罢了。"

这句话自然是一语中的。富樫并没有回答，而是拿起遥控器打开了电视。动画节目开始了。

靖子叹了口气，来到厨房。钱包放在洗碗池旁的抽屉里，她从里面抽出了两张一万日元的纸币。

"这个给你，别再来找我了。"靖子把钱放到被炉的暖桌上。

"这算什么？你不是说不会给我钱吗？"

"这是最后一次了。"

"这种东西，我才不稀罕。"

"你就没打算空着手回去吧？我知道你还想要更多，但我们也过得很辛苦。"

富樫盯着那两万日元，随后望向靖子。"真拿你没办法，那我就先回去好了。不过我把话说在前头，我不需要钱，这可是你硬塞给我的。"富樫拿起钱胡乱塞进夹克口袋，把烟头扔进空罐，从被炉里爬起身。但他没有走向玄关，而是朝里屋走近，突然拉开了纸拉门。屋里传来美里的惊叫声。

"喂，你干什么！"靖子声音尖厉地喊道。

"向继女问候一声总可以吧。"

"她现在不是你女儿，什么也不是！"

"这有什么关系呢？好了，美里，咱们回头见。"富樫对着屋里面说道。靖子看不到美里的表情。

富樫终于往玄关走去。"她会长成一个很不错的女人的，真是令人期待。"

"你说什么混账话!"

"这哪是混账话,看样子再过个三年她就能赚钱了,随便哪个地方都会要她。"

"别开玩笑了!快走!"

"我会走的,当然,我是说这次。"

"绝对不要再来了!"

"这个嘛,可就不好说了。"

"你……"

"我把话放在这儿,你是没法从我身边逃走的。该放弃的人是你。"富樫低笑一声,弯腰准备穿鞋。

这时,靖子听到身后有动静,回过头,只见美里已来到身边,举起了什么东西。

靖子来不及阻止,也没能喊出声,美里已经朝富樫的后脑勺砸去。伴随着沉闷的声响,富樫倒在地上。

2

有东西从美里手中滑落,是个铜花瓶,那是庆贺弁天亭开张时靖子收到的回礼。

"美里,你……"靖子瞪着女儿。

美里面无表情,像丢了魂似的一动不动。片刻后,她突然睁大眼睛,死死盯着靖子的身后。

靖子转过头,看见富樫正摇摇晃晃地站起来。他眉头紧皱,用手捂着后脑勺。

"你们……"富樫呻吟着,露出满是恨意的表情,直盯着美里。他踉跄了一下,随后向美里跨出一大步。

靖子挡在富樫面前,想保护美里。"别过来!"

"滚开!"富樫抓住靖子的手腕,狠狠地往旁边一拽。靖子被甩到墙边,腰重重地撞了一下。

美里想逃走,却被富樫抓住肩膀。富樫骑在美里身上,美里承受着成年男人的体重,身体缩成一团,好像快要被压扁。富樫揪住美里的头发,右手打着她的脸颊。

"混蛋,我要宰了你!"富樫发出野兽般的吼叫。

会被杀掉的,靖子想,再这样下去,美里真的会被杀掉。

靖子看看四周,被炉的电线映入眼帘。她从插座上拔下插头,电线的另一端还连着被炉,她就这样握着电线站了起来。

富樫仍压在美里身上大声嘶吼。靖子绕到富樫身后,一把将扭成环状的电线套到他的脖子上,用尽全力往两边拉。

富樫闷哼一声,从美里的背上倒下来,他似乎意识到发生了什么,拼命想用手指扯开电线。靖子死死拉紧。如果现在松手,就没有第二次机会了,靖子相信以后这个男人绝对会像瘟神一样阴魂不散,永远缠着她们。

要论力气,靖子毫无胜算。电线渐渐从她手中松脱。

就在这时,美里过来掰开富樫的手指,并骑到他身上,死命地压制住男人的挣扎。"妈妈,快!快啊!"美里大叫道。

现在不是犹豫的时候。靖子紧紧闭上眼睛,将全身的力气灌入双臂。她的心脏在扑通扑通地狂跳。听着血液汩汩流动的声音,靖子再次拉紧电线。她不知道这样过去了多久,直到听见一个声音在低低地唤她"妈妈、妈妈",才终于回过神来。

靖子慢慢睁开眼,手里仍紧握着电线。

眼前就是富樫的头。他瞪大的眼珠呈现死灰色,仿佛在凝望虚空,脸因瘀血而变得青黑。深深勒进颈部的电线在皮肤上留下暗色的痕迹。富樫一动不动,嘴边淌着口水,鼻子里也有液体流了出来。

"啊——"靖子惊呼一声,扔掉电线。富樫的头咚的一声撞在榻榻米上。即便如此,他依然没有丝毫反应。

美里战战兢兢地从男人身上起来,校服的裙子变得皱巴巴的。她瘫坐在地,斜靠着墙盯着富樫。

母女俩沉默许久，两人的视线始终固定在那个已经不再动弹的男人身上，唯有日光灯发出的嗞嗞声格外响亮。

"怎么办……"靖子喃喃自语，脑中一片空白，"我杀了他……"

"妈妈……"

靖子闻声望向女儿。美里脸色惨白，双眼充血，眼眶下还有泪痕。靖子不知道女儿是什么时候哭的。她又看了看富樫，希望他能活过来，又不希望他活过来，复杂的情绪充斥着她的内心。不过，富樫看起来确实不会再醒了。

"是……是这混蛋不好！"美里屈腿抱住膝头，脸埋入腿间抽泣起来。

"怎么办……"就在靖子又开始自言自语时，门铃响了。她惊恐过度，全身都痉挛似的颤抖起来。美里也抬起头，已是满脸泪水。母女俩对视了一眼，好像都在询问对方：这种时候会是谁？

接着便响起敲门声，随后传来一个男人的声音："花冈小姐。"

这个声音很耳熟，但靖子一时间想不起是谁。她像是被捆住了手脚一般无法动弹，只得继续与女儿面面相觑。

敲门声再次响起。"花冈小姐，花冈小姐。"

门外的人似乎确信靖子在家，她没有理由不去应门，但现在这种情况，怎么能开门呢？

"你去里屋待着，关好门，绝对不能出来。"靖子小声交代美里，终于逐渐恢复了理智。

又响起了敲门声。靖子深吸一口气。

"来了。"靖子状似平静地应道，而这已是她竭尽全力做出的掩饰，"请问是哪位？"

"我是隔壁的石神。"

靖子心里咯噔一下。刚才她们闹出的动静非比寻常，邻居不可能不起疑，所以石神才想来看看情况吧。

"好的，请稍等。"靖子自认为语气如常，但实际如何，她并不清楚。

美里进了里屋，纸拉门也已经拉好。靖子看着富樫的尸体，必须想办法先处理一下。被炉早就不在原先的位置，多半是靖子拉扯电线造成的。她索性推开被炉，用被子盖住尸体。这样看来多少有些不自然，但也别无他法。

确认身上毫无异样后，靖子来到玄关换鞋处。富樫那双脏兮兮的鞋赫然在目，她把它们塞到鞋柜下面。

靖子留意着不发出声响，悄悄挂上了防盗链。门没有锁。靖子暗自庆幸，还好石神没有推门进来。

一开门，眼前是石神又圆又大的脸。他正用那双线一般细的眼睛面无表情地看着靖子，让人心里发毛。

"请问……有什么事吗？"靖子挤出笑容，她知道自己表情僵硬。

"我听到了很大的动静。"石神依然不动声色，"是不是发生什么事了？"

"没，没什么。"靖子用力摇头，"对不起，给您添麻烦了。"

"没事就好。"

靖子见石神细小的眼睛正望向室内，全身骤然发烫。

"是……是蟑螂……"她随口编了个理由。

"蟑螂？"

"对。有蟑螂跑出来了，所以……我和女儿想灭虫……结果弄出了很大的动静。"

"杀掉了吗？"

"啊?"石神的话令靖子的脸颊一下绷紧了。

"蟑螂消灭了吗?"

"哦……是的,已经解决了,没问题了,嗯。"靖子频频点头。

"是吗?如果我能帮上什么忙,请尽管开口,不要客气。"

"谢谢。刚才吵吵闹闹的,真是对不起。"靖子低头致歉后,锁上了门。听到石神回去关上房门的声音,靖子长出一口气,不禁瘫倒在地。

背后传来纸拉门拉开的声音,美里唤了一声"妈妈"。

靖子缓缓起身,看到隆起的被子,再次感到绝望。"没办法了……"她最终开口道。

"怎么办?"美里抬眼凝视着母亲。

"还能怎么办?给警察……打电话啊……"

"你要去自首?"

"只能这样了。死掉的人是不会活过来的。"

"自首的话,妈妈会怎么样?"

"谁知道呢……"靖子拢起头发,这才意识到头发凌乱不堪。也许隔壁的数学老师已经起了疑心,但此刻靖子觉得都无所谓了。

"肯定会坐牢的,是吗?"女儿又问道。

"应该是吧。"靖子微微一笑,似乎已经放弃希望,"不管怎么说,我都杀了人。"

美里使劲摇头。"可是这样不对!"

"为什么?"

"明明就不是妈妈的错,都是这个家伙不好!现在我们和他没关系了,他还老是来欺负我们……妈妈怎么能为这种人坐牢?"

"可杀了人就是杀了人。"

在向美里解释的过程中，靖子竟逐渐镇定下来，能够冷静思考了。她越发觉得自己已别无选择。她不想让美里成为杀人犯的女儿，可既然杀人的事实无法逃避，那至少要选择一条能让女儿少受世人冷眼的路。靖子瞥向滚落在房间一角的无线电话，伸出手去。

"不行！"美里迅速冲上前，想要夺走电话。

"放手！"

"都说了不行！"美里掐住靖子的手腕。也许是经常打羽毛球的缘故，她的力气很大。

"求你了，放手吧。"

"不要！我不会让妈妈这么做的，不然让我去自首。"

"说什么蠢话！"

"最先动手的人是我。妈妈只是想救我，中途我还帮了你，我也是杀人犯。"

美里的话让靖子吓了一跳，一瞬间，她紧握电话的手松开了。美里没有放过这个机会，立刻抢走电话抱在怀里，随后退到角落，转身背对靖子。

警察……靖子思考起来。

警察会相信自己吗？不会对"是我独自杀掉了富樫"这样的供述产生怀疑吗？会如此轻易地相信自己说的一切吗？

警方肯定会彻查。靖子在电视剧里听到过"取证"这个词，就是利用各种方法确认嫌疑人所言非虚，比如审讯、鉴定，或者其他种种手段……

靖子眼前一黑。她确定无论警察怎样威吓，自己都不会供出美里。但警方一旦查清真相就全完了，到时再怎么恳求，他们也不会放过美里。靖子立刻放弃了伪装独自杀人的念头。一个外行耍的拙劣把戏，一定会被轻易看穿。

话虽如此，靖子想，必须保护美里。因为有自己这样的母亲，美里从小到大几乎没有过上几天好日子。对于这个可怜的女儿，靖子就算拼上性命，也不能再让她遭受更多不幸。

该怎么办？有什么办法吗？

这时，美里怀中的电话响了。她睁大眼睛望向靖子。靖子默默地伸出手。美里一脸犹豫，随后缓缓递出了电话。

调整好呼吸后，靖子摁下了通话键。"喂，您好，我是花冈。"

"我是隔壁的石神。"

"啊……"又是那个老师，这次会是什么事？"有什么事吗？"

"那个……我在想，你们打算怎么做呢？"

"什么怎么做？"

"我是说，"石神停顿片刻后继续道，"如果你们要报警，我什么也不会说。但如果没有那个打算，我想我应该能帮上忙。"

"啊？"靖子心头大乱，这个男人到底在说什么？

"总之，"石神压低声音说道，"我现在可以过去吗？"

"啊？不，这个……不太方便。"靖子浑身冷汗直流。

"花冈小姐，"石神说，"两个女人是很难处理尸体的。"

靖子目瞪口呆，这个男人是怎么知道的？

他听到了！肯定是刚才和美里争执的声音传到了隔壁。不，也许在她们与富樫起冲突的时候，他就已经听到了。

完了，靖子认命了。她已无路可逃，只能向警方自首。但美里和这件案子有牵连一事，无论如何都要隐瞒下去。

"花冈小姐，你在听吗？"

"啊，是的，我在听。"

"我可以去你们那边吗?"

"可是……"靖子仍拿着电话贴在耳边,看向女儿。美里脸上满是胆怯和不安,她大概觉得奇怪,不知道母亲在和谁通话。

如果石神一直在隔壁竖着耳朵偷听,自然清楚美里与这桩命案脱不了关系。只要他对警察坦白,无论靖子再怎么否认,警方恐怕也不会相信。

靖子下定决心。

"明白了。我也有事相求,能否麻烦您来一下?"

"好,我马上过去。"石神说道。

靖子一挂断电话,美里便问道:"是谁?"

"隔壁的老师,石神先生。"

"他为什么……"

"以后再解释,现在你到里屋去,关上门,快!"

美里一脸茫然地进了里屋。几乎就在她拉上门的同时,靖子听到石神从邻屋走出来的声音。

不久,门铃响了。靖子来到门口打开锁,取下防盗链。

一开门,只见石神站在那里,一脸老实人的模样。不知为何,他换了一身藏青色的运动服,与刚才的装束并不相同。

"请进。"

"打扰了。"石神鞠了一躬,走进来。

靖子锁门时,石神已经进入房间,毫不迟疑地掀开了被炉的被子。看他的动作,仿佛早已确定这里有一具尸体。他单膝跪地,打量着富樫的尸体,似乎在思考什么。靖子注意到他戴着劳保手套。

靖子战战兢兢地望向尸体。富樫的脸上早已生气全无,嘴唇下方凝结着一块东西,不知是干了的口水还是污物。

"您……还是听到了,是吗?"靖子试探道。

"听到?听到什么?"

"我们的对话,所以您才会打电话过来吧?"

话音刚落,石神那张面无表情的脸转向靖子。"不,我完全没听到你们的说话声。这栋公寓只有隔音做得非常到位,我当初便是因为很满意这一点,才决定搬来。"

"那您是怎么……"

"怎么注意到这里发生了什么吗?"

靖子点点头,"嗯"了一声。

石神指指房间的角落,那里倒着一个空罐子,烟灰从罐口撒了出来。"刚才我来拜访时,闻到屋里有烟味,我本以为有客人在,可又没见到客人的鞋。被炉下面好像有人,但电源却没插上。要躲起来的话,明明可以去里屋,也就是说,被炉下面的人不是自己要躲起来,而是被人藏起来的。考虑到之前类似打斗的动静,还有你很少头发那么凌乱,我能想象出这里发生了什么。还有一点,这栋公寓里没有蟑螂。我在这里住了很多年,非常确定。"

石神面不改色,淡漠地说着。靖子茫然地注视他的嘴角,心里萌生与当前毫无关联的想象:这个人在学校里给学生讲课,一定也是这种语气。察觉到石神正目不转睛地盯着自己,靖子移开了视线。她总觉得自己也成了他的观察对象。

这真是一个冷静到可怕的聪明人,她想。若非如此,他不可能只靠门缝间的匆匆一瞥,就形成这样一套推理。同时,靖子也舒了一口气——看来石神并不清楚事情的来龙去脉。

"这是我的前夫。"靖子说,"离婚好几年了,他还一直缠着我,不给钱就不走……今天也是这样,我受不了了,脑子一热就……"

她低下头，没再说下去。她不能说出杀死富樫时的情形，必须保证美里与此事无关。

"你打算自首吗？"

"只能这样了。但美里是无辜的，她真的很可怜。"

这时，纸拉门被猛地拉开，美里站在门口。"不行，绝对不行！"

"美里，你不要说话。"

"不！我不要这样！叔叔，您听我说，杀死这个家伙的是——"

"美里！"靖子大声呵斥道。

美里吓得收紧了下巴。她恨恨地盯着母亲，双眼通红。

"花冈小姐，"石神语气平淡，不带丝毫起伏，"你不用瞒我。"

"我什么也没瞒……"

"我知道不是你一个人动的手，美里帮忙了吧。"

靖子慌忙摇头。"你在说什么？是我一个人干的。这孩子刚刚才回来……是我杀人后没多久，她才回来的，跟她毫无关系。"

石神看起来并不相信靖子的话。他叹了口气，看向美里。"说这样的谎，会让令爱痛苦的。"

"我没有说谎。请相信我。"靖子将手放到石神膝上。

石神凝视着这只手，随后看向尸体，微微侧了侧头。"问题是警方会怎么看。你的谎话是行不通的。"

"为什么？"靖子说完后才意识到，这么问就等于承认自己说谎了。

石神指着尸体的右手。"手腕和手背有内出血的痕迹，仔细观察便可以发现呈手指形状。他被人从背后勒住脖子，一定拼命试图挣脱吧，而这个，就是抓住他的手不让他挣脱时留下的痕迹，可以说是一目了然。"

"这也是我干的。"

"花冈小姐,这就太牵强了。"

"为什么?"

"你是从背后勒住他脖子的,不是吗?如此一来,你绝无可能再抓住他的手。这需要四只手。"

石神的解释令靖子哑口无言,她感觉自己进入了一条没有出口的隧道。她沮丧地低下头。石神一眼就看穿了这么多事,换作是警方,调查只会更严密。

"我无论如何都不想把美里牵扯进来,只有这孩子,我一定要救她……"

"我也是,我不想让妈妈坐牢。"美里哭着说。

靖子双手捂住脸。"究竟该怎么办……"

空气变得凝重,靖子几乎要被这重量压垮了。

"叔叔……"美里开口了,"叔叔不是来劝妈妈自首的?"

石神顿了顿,答道:"我打电话是想看看能不能帮上什么忙。要自首的话也可以,但如果不自首,光凭你们两个恐怕会比较困难。"

听了石神的话,靖子垂下双手。说起来,他打电话过来时说过一句奇怪的话——两个女人是很难处理尸体的。

"有可以不用自首的办法吗?"美里接着问道。

靖子抬起头。石神微微侧首,表情没有任何波动。"要么隐瞒命案,要么切断你们和命案的关联。不管选哪种,都得先把尸体处理掉。"

"您觉得能做到吗?"

"美里!"靖子责备道,"你在说什么!"

"妈妈不要说话!叔叔,能做到吗?"

"很难，但也不是不可能。"石神的口吻依然冷冰冰的。但在靖子听来，这正显示出他的话有理有据。

"妈妈，"美里说，"我们就请叔叔帮忙吧，只能这样了。"

"可是，这种事怎么能……"靖子看着石神。

石神那双又细又小的眼睛直直地盯着斜下方，像是在默默等待母女俩的结论。

靖子想起小代子的话。按她的说法，这个数学老师似乎喜欢靖子，毕竟他总是在确认靖子在店里后才来买便当。倘若没有听到这些话，靖子现在就该怀疑石神的精神是否正常了。天底下哪有人会这样帮助一个并不相熟的邻居呢？弄不好他也会被逮捕。

"就算把尸体藏起来，也总有一天会被发现吧？"靖子说。她意识到这句话会是改变她们命运的第一步。

"我还没决定要不要藏尸，"石神答道，"因为有时候不藏反而更好。如何处理尸体，应当在收集完信息后再做决定。现在只有一点非常明确，那就是尸体不能这么放着。"

"嗯……信息是指什么？"

"关于这个人的资料。"石神俯视着尸体，"住址、姓名、年龄、职业，来这里干什么，之后打算去哪里，是否有家人。请把你所知道的一切都告诉我。"

"这个……"

"不过在此之前，我们得先把尸体移走。这个房间越早清扫越好，这里留下的犯罪痕迹太多了。"话音刚落，石神就抬起了尸体的上半身。

"啊，请等一下，要移到哪里？"

"我家。"石神的表情好像在说，这还用问吗？说完，他把尸体扛到肩上。他的力气很大，靖子看到藏青色运动服的衣角上，缝着写有"柔道社"的布条。

石神用脚扫开散落一地的数学书，将尸体卸下，放在好不容易腾出的一块能看见榻榻米的地方。死者的眼睛仍然睁着。他转身面向呆立在门口的靖子和美里。"请令爱马上开始清扫房间吧。用吸尘器，越仔细越好。花冈小姐，麻烦你留在这里。"

美里脸色苍白地点点头，看了母亲一眼后，回去了。

"请把门关上。"石神对靖子说。

"啊……好。"她依言关上门后，仍站在门口。

"请先进屋来。这里和府上不一样，乱得很。"石神取下椅子上的坐垫，紧挨着尸体放好。靖子进了屋，但没有坐下，而是别过脸不看尸体，走到屋子的一角才坐了下来。石神见状终于反应过来，她是在害怕尸体。

"真是不好意思。"石神拿过坐垫递给她，"请用这个。"

"不，没关系。"靖子依然垂着头，轻轻摇了摇头。

石神把坐垫放回椅子上，自己在尸体旁坐了下来。尸体的颈部有暗红色的带状印痕。"是电线吗？"

"什么？"

"用来勒他脖子的东西，是电线吧？"

"是的，是被炉的电线。"

"就是那个被炉啊。"石神回想起盖住尸体的被子上的花纹。"那个还是处理掉比较好。等会儿由我来处理吧。"石神将视线转回到尸体上，"今天，你约好了和他见面吗？"

靖子摇了摇头。"没有。他白天突然来店里，傍晚我们在附近的家庭餐馆见了一面。当时我们都道别了,可后来他又来了我家。"

"家庭餐馆啊……"石神思索着,看来不可能没有目击者了。他把手伸进尸体的夹克口袋,拿出两张皱成一团的一万日元纸币。

"这是我……"

"这是你给他的?"

见靖子点头,石神把钱递向她,但她没有伸手。石神起身,从挂在墙上的西装口袋里掏出钱包,取出两万日元,又把尸体身上的钱放了进去。"这样就不觉得恶心了吧。"石神将从钱包里拿出的钱递给靖子。

靖子略显迟疑,随后轻声说了句"谢谢",把钱收下了。

"接下来……"石神又开始翻起尸体衣服上的口袋,从裤兜里取出钱包,里面只有些许零钱以及驾照、收据等物品。"富樫慎二……住址是新宿区西新宿。他现在还住在那里吗?"看完驾照后,石神询问道。

靖子皱着眉,歪起头说:"不知道,我想应该不在了。他以前在西新宿住过,但我听他提过,好像因为付不起房租被赶走了。"

"驾照是去年换的,说明户口没有转到别的地方,他应该在那附近找到了住处。"

"他在到处搬家吧,连个固定工作也没有,是租不到正规房子的。"

"看来是这样。"石神的目光停留在其中一张收据上。

收据上印有"短租旅馆扇屋"的字样,金额为两晚五千八百八十日元,似乎需要预先付清。石神略做心算,住一晚的税前价格是两千八百日元。他将收据递给靖子。

"看来他住在这里。如果没办退房,旅馆的人迟早会开门进去,可能会因为房客失踪而报警。当然也可能嫌麻烦，最终不了了之。估计这种事经常发生，所以才要求预先付清房费吧。不过，把一切寄托在可能发生的事上，会很危险。"

石神继续翻尸体衣服上的口袋，摸出了一把钥匙。钥匙上挂着一个圆牌，上面刻有数字"305"。靖子望着钥匙，神情恍惚。对于今后该怎么办，她毫无头绪。

隔壁隐约传来吸尘器的声音。美里正在拼命清扫，她一定非常不安，也完全不知将来会如何，只想着至少现在做一点力所能及的事吧。

必须保护她们，石神再次确定：像我这样的人，今后不可能再有机会与如此美丽的女性近距离接触了。就是现在，必须竭尽一切智慧与力量，阻止灾难降临在她们身上。

石神看着死者的脸，没了表情之后，那张脸给人留下一种呆板的印象，但还是能看出他年轻时多半是个美男子。虽然人到中年发了福，但现在这副样貌，肯定依然深受女性欢迎。想到靖子曾钟情于这样的男人，忌妒就像小小的气泡爆裂了一般，渐渐充斥在石神心中。他甩甩头，为产生这样的情绪感到羞耻。

"有没有和他关系亲密，或是会定期联系他的人？"石神再次发问。

"不知道。我们今天见面，真的和上次隔了很久。"

"有没有听他说过明天要干什么？比如和谁见面之类的。"

"没有。非常抱歉，我一点忙也帮不上。"靖子满怀歉意，垂下了头。

"我只是随口问问。你不知道是正常的，请别在意。"石神戴着手套，紧紧捏住死者的脸颊，向口腔内看去，发现臼齿上镶着金牙套。"他治过牙？"

"还没离婚的时候，他去过一阵子牙科医院。"

"是几年前的事？"

"我们离婚是在五年前。"

"五年……"石神心想，那就不能指望没有留下病历卡了，"这个人有前科吗？"

"应该没有。离婚以后就不知道了。"

"也就是说，可能有，是吧？"

"嗯……"

就算没有前科，也可能因为违反交通规则而被采集过指纹。石神不清楚警方侦查时，会不会将范围扩大到违反交规的人并比对指纹，但提前准备总是好的。无论怎样处理尸体，都得做好死者身份曝光的心理准备。话虽如此，还是要争取时间，指纹和牙齿都不能留下。

靖子叹了口气。在石神听来，这声叹息化为性感的余韵，扣动了他的心弦。他再次下定决心，绝不能让靖子陷入绝望。

这确实是个难题。死者的身份一旦曝光，警察肯定会来找靖子。她和女儿能经受住警方执拗的连番质问吗？如果只准备一套薄弱的推脱之辞，一旦被指出矛盾点，便会瞬间生出破绽，最终她们恐怕会轻易将真相和盘托出。

必须准备好完美的逻辑与完美的防御，而且要马上构建起来。

石神告诉自己不要焦躁，再急也解决不了问题，这个方程式一定有解。

他闭上眼。这是他面对数学难题时的一贯动作，只要隔断来自外界的信息干扰，数学方程式就会在脑中开始不断变形。然而，现在出现在他脑中的却不是数学方程式。

石神睁开眼睛,先是看向桌上的闹钟,此时已经过了晚上八点三十分。他又将视线投向靖子。靖子屏住呼吸,向后退了一步。

"请帮我一起脱衣服。"

"啊?"

"脱下这个人的衣服。不光是夹克,毛衣和裤子也要脱。不快点的话,尸体就要变硬了。"说着,石神已经把手伸向夹克。

"好。"靖子开始帮忙,但或许是因为讨厌触碰尸体,她的指尖在颤抖。

"不用了,这里就交给我来处理,你去帮你女儿吧。"

"对不起……"靖子垂着头,缓缓起身。

"花冈小姐,"石神朝她的背影喊了一声。待她转过头,他说道:"你们需要不在场证明,这个请你先想一下。"

"不在场证明?可是我们没有啊。"

"所以要从现在开始制造。"石神披上从尸体上脱下的夹克,"请你相信我,把一切交给我的逻辑思维。"

3

"我很想仔细分析分析,你的逻辑思维究竟是怎么回事。"汤川学百无聊赖地托着腮说完,故意打了个大哈欠。他摘下小巧的金边眼镜,搁到一旁,似乎马上就要说出一句:已经没必要了。

事实可能真是如此。草薙盯着眼前的棋盘二十多分钟了,可无论怎么思考,还是束手无策。王已无路可逃,本以为还有殊死反击的机会,却连贸然进攻都没法做到了。眼下能选择的走法虽有不少,但草薙心里明白,不出几步,那些路就都会被堵死。

"国际象棋不适合我。"草薙嘀咕道。

"又来了。"

"归根结底,从敌方夺来的棋子却不许用,这叫什么事?棋子不是战利品吗?用用又有什么关系。"

"抱怨游戏的基本规则干什么?而且棋子不是战利品,而是士兵,所谓'夺来'就是夺取对方的性命。死去的士兵能用吗?"

"将棋里就能用。"

"将棋的创始人思维灵活,对此我表示由衷的敬意。将棋的规则里大概含有这样一层意思：夺走棋子不是杀死敌方的士兵，而是让对方投降，所以当然可以再利用。"

"国际象棋也这样不就行了？"

"背叛可是有违骑士精神的。别说歪理了，用你的逻辑思维关注一下战况吧。你一次只能动一个棋子，而你能动的棋子少之又少，无论动哪个，你都阻止不了我的下一步。我只要动一下马，就能将死你。"

"不下了，国际象棋真无聊。"草薙重重地往椅背上一靠。

汤川戴上眼镜，瞧了一眼墙上的钟。"花了四十二分钟。也是，几乎都是你一个人在思考。对了，我说你来这种地方偷懒真的没问题吗？不会被你那位耿直的上司训斥吗？"

"我刚办完跟踪狂杀人案，总得让我稍微休息一下。"草薙把手伸向有点脏的马克杯，里面是汤川为他泡的速溶咖啡，已经凉透了。

帝都大学物理系第十三研究室里，除了汤川和草薙别无他人。据汤川说，学生们都去听讲座了，也是因为知道了这一点，草薙才选择在这个时间顺道来拜访。

手机在草薙的口袋里嗡嗡作响，汤川披上了白大褂，面露苦笑。"你看，这不是就找你了。"

草薙苦着脸看向来电显示。情况似乎正如汤川所言，打来电话的是同组的后辈刑警。

现场位于旧江户川的堤坝，从这里可以看见附近的污水处理场。河对岸就是千叶县。草薙立起大衣领子，暗想：既然要死，死在对面不好吗？

尸体被抛弃在堤坝旁，上面盖着蓝色塑料布，估计是从哪个工地拿来的。发现尸体的是一位在堤坝慢跑的老人。看到塑料布边缘露出的东西类似人脚,老人便战战兢兢地把布掀开了。

"老爷子都七十五岁了吧?亏他能在这么冷的日子出来跑步。一把年纪了还看到这么晦气的东西,我打心眼里同情他。"

先到一步的后辈刑警岸谷说明情况后,草薙皱起了眉头,大衣下摆在风中翻飞。

"岸谷,你看过尸体了?"

"看了。"岸谷不带感情地撇了撇嘴角,"组长说了要仔细看。"

"那个人总是这样,明明他自己都不看。"

"草薙前辈,你不看吗?"

"我可不看,那种东西看了也没用。"

据岸谷说,丢弃在那里的尸体状况惨不忍睹。尸身全裸,鞋和袜子都被脱掉,脸也被弄烂了,依照岸谷的表述,就像"砸碎了的西瓜"。光是听他这么说,草薙就直犯恶心。尸体的手指被烧过,指纹完全被破坏。这是一具男尸,颈部可见绞杀痕迹,此外无明显外伤。

"鉴定科的人没发现点什么吗?"草薙一边在周围的草丛里来回走动,一边问道。周围人都在看着,他只好装出一副在寻找凶手遗留物品的样子。不过说句心里话,草薙在现场勘察方面一直很仰仗专业人士,他不认为仅靠自己能有什么重大发现。

"旁边倒着一辆自行车,已经运到江户川警察局了。"

"自行车?应该是谁的垃圾吧。"

"那这件垃圾也太新了。只是前后轮胎都破了,似乎是被人用钉子之类的东西扎破的。"

"是被害人的车吗?"

"这个还不好说,不过有车牌,没准能找到车主。"

"但愿是被害人的。"草薙说,"不然就很麻烦了,简直是天堂和地狱的差别。"

"是吗?"

"岸谷,你第一次遇上身份不明的尸体?"

"是。"

"你想,破坏面部和指纹,说明凶手想隐瞒被害人身份。反过来说,一旦查清被害人身份,就差不多能锁定凶手了。因此,能不能立刻查明身份,是命运的分水岭。当然,是我们的命运。"

草薙话音刚落,岸谷的手机响了。他应答几句后,对草薙说:"说是让我们去江户川警察局。"

"谢天谢地,得救了。"草薙直起身,捶了两下腰。

两人来到江户川警察局,只见间宫正在刑事科的屋子里用暖炉取暖。他是草薙等人的组长。在他周围忙碌的几个男人好像是江户川警察局的刑警。搜查本部要设置在这里,他们正在为此做准备。

"今天你是开自己的车来的?"一见到草薙,间宫便问道。

"算是吧,这附近坐电车不方便。"

"你对这一带熟悉吗?"

"说不上熟悉,只能说还算了解。"

"那就不需要人带路了,你带上岸谷去这里一趟。"间宫递出一张纸条,上面潦草地写着一个位于江户川区篠崎的住址,以及"山边曜子"这个名字。

"这个人是谁?"

"告诉他自行车的事了吗?"间宫问岸谷。

"说了。"

"是尸体边上的那辆自行车吗?"草薙看着组长严厉的面孔。

"没错。调出资料查找后,发现这辆车有人报过失窃,车牌号完全一致,这位女士就是车主。我们已经和她取得了联系,你们现在立刻去录口供。"

"自行车上采集到指纹了吗?"

"这种事不用你来考虑。快去!"

像是被间宫的粗嗓音赶出来一般,草薙和岸谷一起奔出了江户川警察局。

"真倒霉,查什么被偷的自行车,我感觉多半就是那么回事。"草薙打着爱车的方向盘,咂嘴抱怨道。车是辆黑色的天际线,草薙已经开了将近八年。

"你的意思是凶手骑过后扔掉了?"

"有可能。如果真是这样,询问自行车的车主也不会有什么进展,她并不知道是谁偷的。不过如果能弄清楚车是在哪里失窃的,倒是能稍微锁定凶手的行踪。"

草薙靠纸条和地图在篠崎二丁目附近转了几圈,不久便找到了纸条上写的地方。门牌上写着"山边",房子是一幢白色外墙的西式住宅。

山边曜子是这家的主妇,看上去四十五岁左右。大约是知道警察会上门,她仔细地化过妆。

"没错,这就是我家的自行车。"看了草薙递来的照片,山边曜子斩钉截铁地说。照片是草薙提前从鉴定科拿来的,上面拍的是一辆自行车。

"如果您能来警察局确认一下证物,我们将感激不尽。"

"没问题,自行车应该能还给我吧?"

"当然。不过我们还有一些地方需要检查，结束后便会归还。"

"不快点还给我的话，我会很难办的。没有自行车，去买东西都不方便。"山边曜子皱了皱眉，显得很不满。听她的口气，就像自行车失窃是警察的错似的。看来她还不知道自己的自行车可能涉及一起谋杀案，如果知道了，恐怕就不会再想骑那辆车了。

要是她发现轮胎爆了，该不会找我们赔偿吧？草薙想。

据山边曜子所言，自行车是在昨天失窃的，即三月十日上午十一点到晚上十点之间。昨天她和朋友约在银座逛街，购物、吃饭后，回到篠崎站时已经过了晚上十点，她只好从车站乘公交回家。

"是停在自行车存放处吗？"

"不，停在路边了。"

"应该上锁了吧？"

"嗯，用链条锁在人行道的栏杆上了。"

草薙并未听说在案发现场发现了链条。

随后，草薙载着山边曜子去了篠崎站。他想看一下自行车失窃的确切地点。

"就在这一片。"山边曜子指着距离站前超市约二十米远的马路，那里现在仍停放着成排的自行车。

草薙环顾四周，这附近还有信用金库分店和书店，白天或傍晚时来往的行人想必不少。如果手法巧妙，迅速剪断链条，装作是自己的自行车径直骑走也并非难事，但草薙相信凶手应该是在没人的时候动手的。

接着，草薙请山边曜子一起前往江户川警察局，去亲眼确认自行车。

"真倒霉。那辆自行车是我上个月刚买的，我知道失窃的时候非常生气，就在坐公交回家之前，到站前的派出所报了案。"山边曜子在车子后排座位上说。

"亏您能清楚地记得自行车的车牌号。"

"毕竟是刚买的，票据还在家放着呢。我专门打电话让女儿告诉我的。"

"原来是这样。"

"这到底是什么案子？给我打电话的人也没说清楚，从刚才开始我就一直很好奇。"

"不，还没明确是否立案。具体情况我们也不知道。"

"是吗？你们当警察的，口风还真严。"

岸谷在副驾驶座上忍笑。草薙暗自松了一口气，幸好是今天来找这位女士问话，要是案情公开后再来，肯定会反过来被刨根问底。

山边曜子在江户川警察局见到自行车后，断言那辆车绝对是她的。此外，她指出了车爆胎和车身受损，问草薙应该向谁索赔。

警方从这辆自行车的车把、车架和车座等处采集到了多枚指纹。

除自行车外，在距离案发现场约一百米处还发现了疑似被害人的衣物。这些衣物塞在一个约十八升的方形金属桶里，有一部分已经被烧毁了，包括夹克、毛衣、裤子、袜子和内衣。警方推测凶手点火后立即离开了现场，但是火没有像预想中那样继续燃烧，而是自然地熄灭了。

因为那些衣物都是量产的成衣，搜查本部并未提议通过制造商追查衣物来源，而是根据衣物和被害人的体格画出了其生前画像。一部分侦查员拿着画像，以篠崎站为中心展开了侦查。也许是由于这样的装束太过普通，警方并没能收集到像样的线索。

电视新闻中公开了这张画像，由此而来的线索堆积如山，但没有一条能与旧江户川岸边发现的尸体关联上。同时，对已备案的失联人员进行详细核对后，也没有发现符合条件的人。

警方又以江户川为中心，彻查最近是否有失踪的独居男性或是旅馆房客。没多久，搜查员得到了一条线索。

位于龟户的短租旅馆"扇屋"里，有一名男性房客失踪了。旅馆是在三月十一日发现的，也就是发现尸体当天。由于已经过了退房时间，工作人员只好去房间查看情况，却发现只有少量行李留在房内，客人却不见踪影。旅馆老板已经事先拿到了房款，所以听工作人员汇报后并未报案。

警方迅速在房间和行李中采集了毛发与指纹等，经过比对，与尸体上的完全相同，且其中一枚指纹与从那辆自行车上采集到的完全一致。

那名失踪的房客在住宿簿上登记的名字是"富樫慎二"，住址为新宿区西新宿。

4

从地铁森下站往新大桥方向步行，经桥前的小路右转，民宅鳞次栉比，处处能看到小商店。这些店几乎都给人一种历经多年、客人仍络绎不绝的感觉，若在其他城区，可能早就被超市和大型商场淘汰了。小商店能够顽强地生存下去，也许正是这种平民老街的优越之处，草薙边走边想。

时间已过晚上八点。不时有捧着脸盆的老妇人与草薙擦肩而过，看来这附近有公共澡堂。

"交通便利，购物好像也很方便，这地方很适合居住啊。"岸谷在旁边自言自语似的说道。

"你想说什么？"

"我没别的意思，只是觉得哪怕只有母女二人相依为命，也很容易在这里生活。"

"是吗？"草薙接受了岸谷的解释，理由有二：一是接下来要见的人是名和女儿一起生活的母亲；二是岸谷就是在和母亲相依为命的单亲家庭里长大的。

草薙一路比对着便条上的地址和电线杆上的标牌，觉得应该就快到了。便条上还写着"花冈靖子"这个名字。

被害人富樫慎二在住宿簿上登记的住址并非捏造。他的户籍确实落在这个地址上，只不过他早已不住在那里。

死者身份已查明一事，电视和报纸都做了报道，报道中还加了一句"可提供线索者请联系最近的警察局"，但效果并不理想，一条有用的线索都没收集到。

富樫在房屋中介租过房，根据那些中介公司的记录，警方查出了他曾经的工作地点，是一家位于荻窪的二手车销售公司。富樫在那里工作的时间并不长，不到一年就辞职了。

以此为开端，富樫的过往被侦查员一一查明。令人吃惊的是，他曾是高档进口车的销售，因为挪用公款一事败露而遭到解雇，不过并未被起诉。挪用公款一事，还是一名侦查员偶然打听到的。那家公司还在，但对方声称如今已经没有人知道当时的详情了。

那时，富樫已有家室。据熟知富樫的人表示，他在离婚后仍对前妻死缠烂打。

前妻有个孩子，调查两人的居住地点不是难事，警方很快就查到了这对母女——花冈靖子和花冈美里的住处。地点位于江东区森下，也是草薙他们现在要找的地方。

"真是个让人心情沉重的差事，这是抽到最倒霉的签了吧。"岸谷叹着气说。

"什么意思？你觉得跟我一起去打探情况很倒霉吗？"

"不是，我是觉得母女俩好不容易过上了安定的生活，不想让她们再卷入风波。"

"她们和案子无关的话，就不会卷入风波。"

"是吗?富樫看起来就像个坏丈夫、坏父亲。这样的人,哪怕是回忆一下都会觉得讨厌吧。"

"那我们应该很受欢迎才对,我们可是去通知她们这个坏男人的死讯的。不管怎样,你别给我摆出这副丧气的样子,连带着我也郁闷了——哦,好像就是这里。"草薙停在了一栋旧公寓前。

公寓的灰色外墙看上去有点脏,还有几处修补的痕迹。这是栋二层公寓,上下各有四个房间,现在只有半数人家亮着灯。

"二〇四室,在二楼。"草薙走上楼梯,岸谷随后跟上。

二〇四室距离楼梯最远,门旁的窗口透出了灯光。草薙松了口气,要是没人在家,还得再跑一趟。他并未事先通知对方今晚会来拜访。

摁响门铃后,很快便从室内传来有人走动的声音。随着开锁声,门打开了,但防盗链仍挂着。只有母女二人一起生活,如此谨慎也是自然。

在门缝的另一侧,一个女人正惊讶地抬头看着草薙他们。她脸型娇小,黑色的眼珠令人印象深刻。她看上去年轻,似乎还不满三十岁,但草薙很快意识到这是由于光线昏暗——她握着门把手,手背的样子是主妇特有的。

"恕我失礼,请问是花冈靖子女士吗?"草薙尽力让表情和语气柔和一些。

"是的……"她的眼神中透着不安。

"我们是警视厅的人,这次来有事想通知您。"草薙出示了警察手册上的照片,一旁的岸谷也同样如此。

"警察……"靖子瞪大双眼,大大的黑眼珠游移不定。

"能否打扰您一会儿?"

"啊,好的。"花冈靖子关上门,取下防盗链后,再次把门打开。"请问是什么事?"

草薙向前一步,跨进了门。岸谷紧随其后。

"您认识富樫慎二先生吧?"

靖子微微僵住的表情没有逃过草薙的眼睛。不过,这也许是因为有人突然提起了前夫的名字。

"他是我的前夫……那个人怎么了?"花冈靖子似乎还不知道前夫遇害一事,大概没看新闻和报纸。媒体确实没有过多报道,她没注意到也不足为奇。

"其实……"草薙刚开口,便注意到了里屋的纸拉门。门紧闭着。"里面还有人?"草薙问道。

"我女儿在里面。"

"哦,是这样啊。"玄关脱鞋处整齐地摆放着运动鞋。草薙压低声音说道:"富樫先生去世了。"

靖子惊讶得张开嘴,除此之外,表情没有太大变化。"这……这是怎么回事?"

"遗体是在旧江户川的堤坝那里发现的。暂时还无法做出任何断定,但不排除他杀的可能。"草薙坦言,他认为这样能单刀直入地向对方提问。

这时,靖子才露出了不安的表情。她茫然地轻轻摇了摇头。"那个人……为什么会这样……"

"我们目前正在调查。富樫先生好像已经没有亲人了,所以我们只好来请教与他结过婚的花冈女士您了。晚上还来打扰,非常抱歉。"草薙低头致歉。

"啊……这……"靖子捂着嘴,垂下眼睛。

草薙对里屋一直关着的纸拉门颇为在意。女儿是否正在里面听母亲与来访者的对话？那她对这个曾经的继父的死又做何感想？

"花冈女士，恕我失礼，据我们调查，您和富樫先生离婚是在五年前，此后你们还见过面吗？"

靖子摇了摇头。"分开后几乎没见过。"

几乎，意味着并不是完全没见过面。

"说是最近一次，也是好久以前了，好像是去年还是前年……"

"没有其他联系吗？比如电话或信件往来。"

"没有。"靖子用力摇头。

草薙点点头，同时不动声色地观察室内。约六叠大的和室看着老旧，但打扫得十分干净，物品也归置得相当整齐，被炉上还放着橘子。看到墙边的羽毛球拍，草薙的怀念之情油然而生。大学时，他也曾是羽毛球社的成员。

"富樫先生是在三月十日的晚上去世的。"草薙说，"听到这个日期还有旧江户川堤坝这个地点，您能想起什么吗？无论多细枝末节的事都可以。"

"我不知道。这个日期对我们来说没什么特别的，那个人的近况我们也完全不了解。"

"这样啊。"

靖子显然颇感困扰。不愿被人问起前夫的事，这是人之常情。草薙暂时还无法判断她是否与案子有所牵连。他觉得今天可以到此为止了，只是还有一件事要确认。

"三月十日那天您在家吗？"草薙把笔记本放回口袋，问道。他自认为摆出了只是随口一问的样子。

然而，他的努力没什么效果。靖子皱起眉头，面露不快。"是不是要将这一天的事一五一十地全部交代清楚才行？"

草薙笑着说："不用这么严肃。当然，如果您能说清楚，将对我们很有帮助。"

"请稍等。"

靖子盯着墙上某个处于草薙等人视线死角的位置，那里或许贴着日历。如果上面写有预定计划，草薙倒是很想看看，但他还是忍住了。

"十日那天我一早开始工作，结束后就和女儿一起出门了。"靖子答道。

"去了哪里？"

"我们晚上去看电影了，在锦糸町的乐天地。"

"几点出去的？大致时间也行。如果能告诉我影片的名称就更好了。"

"六点半左右出的门。电影是……"

这部电影草薙也知道，是好莱坞的热门系列作品，正在上映的是第三部。"看完电影后就马上回家了吗？"

"我们在同一栋楼里的拉面店吃完饭，又去唱歌了。"

"唱歌？去KTV？"

"对，我女儿非要去。"

"哦……你们经常一起去KTV吗？"

"一两个月一次吧。"

"会在KTV待多长时间？"

"一般是一个半小时左右，否则回家就太晚了。"

"看电影、吃饭、唱歌……这么说，到家时……"

"应该过了十一点，具体时间我忘了。"

草薙点点头,但总觉得有什么地方想不通。至于原因,连他自己也不清楚。记下KTV的名字后,两人道谢,并走出了靖子家。

"看来她们和案子没关系。"从二〇四室门前离开时,岸谷低声说道。

"还不好说。"

"母女俩去KTV唱歌,不是挺好的?感觉关系很和睦。"岸谷似乎不愿怀疑花冈靖子。

从楼梯走上来一个矮胖的中年男人。草薙二人停下让他过去。男人打开二〇三室的门,进了房间。草薙和岸谷对视一眼,转身往回走。

二〇三室的门牌上写着"石神"。摁响门铃后,刚才那个男人来开了门。他似乎刚脱下大衣,穿着毛衣和便裤。

男人面无表情地来回打量着草薙与岸谷。普通人在这种时候往往会很惊讶,或是面露戒备,但从这个男人脸上却丝毫看不出此类情绪。草薙颇感意外。

"晚上还来打扰,非常抱歉。能否请您协助一下?"草薙赔着笑脸,向对方出示了警察手册。

男人的表情依然没有丝毫变化。

草薙向前一步。"几分钟就可以,我们想向您请教一些事情。"可能是没看清,草薙想着,再次把手册递到男人面前。

"什么事?"男人看都不看手册一眼,径直问道。想来他已经知道草薙二人是警察。

草薙从西装内袋里掏出一张照片,上面是富樫在店里销售二手车时的样子。

"这张照片有些年头了,不过您最近见过像是他的人吗?"

男人仔细凝视照片，随后抬头看着草薙说："我不认识他。"

"我想也是，所以我问的是您有没有见过和他相似的人。"

"在哪里？"

"嗯……比如说在这附近。"

男人皱起眉头，再次将目光落到照片上。看来是没什么希望了，草薙想。

"不知道。"男人说，"只是在路上擦肩而过的话，我不会记得那些人的长相。"

"是吗？"找这个男人问话就是个错误，草薙有些后悔，"请问，您一直是在这个时间回来吗？"

"不一定，每天都不一样。社团活动有时结束得比较晚。"

"社团？"

"我是柔道社的顾问，负责锁场馆的门。"

"您是学校老师吗？"

"嗯，我是高中老师。"男人说出了学校的名字。

"这样啊。您累了一天，我还来打扰，十分抱歉。"草薙低下头。

这时，草薙看到了堆在玄关一侧的数学参考书。居然是数学老师……想到这里，草薙心里有点烦躁，他最怕的科目就是数学。

"对了，您名字的发音是 ishigami 吗？我看到了您的门牌。"

"是的，是 ishigami。"

"石神先生，三月十日那天，您是什么时候回家的？"

"三月十日？那天怎么了？"

"这个与您毫无关系，我们只是在收集那天的相关信息。"

"哦，是吗？三月十日啊……"石神看向远方，又立即将视线转回草薙，"那天我很早就回来了，到家应该是七点左右。"

"当时隔壁有什么情况吗?"

"隔壁?"

"就是花冈女士家。"草薙压低声音说。

"花冈女士怎么了?"

"现在还什么都不好说,所以才要收集信息。"

石神的表情像是在揣测着什么,没准他已经开始对隔壁的母女展开了各种联想。草薙根据室内的情况,推测出石神仍是单身。

"记不清了,好像没什么奇怪的情况。"石神答道。

"没听到什么动静或是说话声吗?"

"这……"石神侧过头,"没什么印象。"

"这样啊。您和花冈女士熟吗?"

"我们是邻居,碰到了会打个招呼,不过也就是这个程度了。"

"明白了。您这么累还来打扰您,非常抱歉。"

"不客气。"石神低下头,顺势把手伸向门内侧,那里有一个收信箱。草薙不经意地朝他的手看去,突然瞪大了眼睛,只见信件上写着"帝都大学"四个字。

"请问……"草薙略显迟疑地开口,"老师您是帝都大学毕业的吗?"

"是的。"石神细细的眼睛略微睁大了些,很快他就意识到了手中的信件,"哦,这个啊,这是我们院友会的会报。怎么了?"

"我认识一个人,也毕业于帝都大学。"

"哦,是吗?"

"那我先告辞了。"草薙行完一礼,走了出去。

"帝都大学不就是前辈毕业的地方吗?为什么不直说呢?"离开公寓后,岸谷问道。

"算了，总觉得说了会让我不痛快，那个人多半是理学院的。"

"前辈也对数理学科有自卑情结啊。"岸谷窃笑道。

"身边就有一个家伙总在提醒我！"草薙的脑海中浮现出了汤川学的面孔。

草薙二人离去后，石神又等了十多分钟才走出家门。他瞥了隔壁房间一眼，确认二〇四室仍亮着灯后，下了楼。要找个能避人耳目的公用电话，还得走上将近十分钟。石神有手机，家里也有固定电话，但他认为那些都不能用。

石神一路上反复思索着与草薙的对话。他确信自己没有给对方任何足以将他与案子联系上的线索。不过，不怕一万就怕万一。警方自然能想到，处理尸体需要男人的帮助。他们会极力寻找花冈母女身边有哪些男人愿意为她们犯罪。仅凭住在隔壁这一个理由就盯上数学老师石神，也完全有可能。

以后别说去她家，哪怕只是打个照面也必须避免，石神想。不从家里打电话也是出于同样的考虑，警方也许能从通话记录中查到他与花冈靖子频繁通话。

至于弁天亭……

对此，他还没能下定决心。按照常理，目前最好还是不要去了。不过，警察终有一天会去便当店问话，到时很有可能从店员口中得知，那个住在花冈靖子隔壁的数学老师几乎每天都去买便当，案发后突然不再光顾，说不定反而会让警方起疑。还是和以前一样天天去，才不会被怀疑吧。

对于这个问题，石神也不确定自己能否得出最合乎逻辑的解答。他心知自己渴望像以前一样，每天去弁天亭。那里是花冈靖子与他唯一的交点，不去就见不到她。

公用电话亭到了。石神插入电话卡，卡上印着同事家孩子的照片。

他拨的是花冈靖子的手机。靖子家的固定电话可能已经被警方设置了窃听器。警方一直表示不会监听普通民众，但石神并不相信这套说辞。

"喂？"电话那头传来了靖子的声音。石神曾和她说过，会用公用电话联系她。

"是我，石神。"

"您好。"

"刚才警察来我家了，他们应该已经去过你那边了吧。"

"嗯，刚刚来过。"

"他们问了些什么？"

石神不断地在脑中整理、分析和记忆着靖子所说的话。看来现阶段警方还未特别怀疑靖子，确认不在场证明可能只是流程所需，哪个侦查员有空就来核实一下，仅此而已。

可警方一旦查清富樫的行踪，知道他来找过靖子，恐怕会改变态度，奋起向她发动攻势。靖子曾说最近没有与富樫见过面，警方或许将揪住这句供词不放，至于该如何防御，石神早已提前教过她。

"令爱和警察打过照面了吗？"

"没有，美里一直待在里屋。"

"嗯。但他们迟早也会找她问话。到时该如何应对，我已经说过了。"

"是的，您反复叮嘱过了，她也说没问题。"

"别嫌我啰唆，你记住没必要演戏，问什么按部就班地答什么就行。"

"好，我会转达给她的。"

"还有，电影票的票根给警察看了吗？"

"今天没有。石神先生您说过了，在他们提出要求之前不必拿出来。"

"这样就行。票根收在哪里了？"

"在抽屉里。"

"请把它们夹进电影宣传册里。几乎没人会郑重其事地保存票根，放在抽屉里反而让人起疑。"

"明白了。"

"对了，"石神咽了口唾沫，握紧听筒，"弁天亭的人是否知道我常去买便当？"

"啊……"靖子一时语塞，似乎是觉得这问题来得唐突。

"其实我是想问，对住在你隔壁的男人频繁来买便当这件事，店里的人是怎么想的？这很重要，请你务必坦率回答。"

"这……店长说过他很感谢您常来光顾。"

"他知道我住在你隔壁吧？"

"嗯……请问这有什么不妥吗？"

"没有，这件事我来考虑就好。总之请你按我们商量好的步骤行动，明白吗？"

"明白。"

"那我挂了。"

"对了，石神先生。"正要把听筒从耳边拿开时，石神听到靖子叫了他一声。

"怎么了？"

"谢谢您为我们做了这么多,我们感激不尽。"

"哪里……那我挂了。"石神挂断了电话。

靖子的最后一句话令他全身热血沸腾。他发热的脸庞感受着寒风,只觉得十分舒爽,腋下甚至出了汗。

石神被幸福包裹着,踏上了归途。但这样兴奋的心情没能持续多久,他想起刚才得知的弁天亭的情况,意识到自己在警察面前犯下了唯一一个错误:当被问到与花冈靖子的关系时,他回答只是见面打个招呼的程度,应该加上一句"常去她工作的店里买便当"。

"花冈靖子的不在场证明核实了吗?"间宫把草薙和岸谷叫到桌前,边剪指甲边问。

"KTV那边确认了。"草薙答道,"据说是常客,店员记得很清楚。店里也留有记录,从九点四十分开始,唱了一个半小时。"

"这之前呢?"

"从时间上看,花冈母女看的电影应该是晚上七点整开场的,九点十分散场。之后她们去了拉面店,两边的说法能对上。"草薙看着笔记本,如实汇报。

"我问的不是说法能不能对上,而是有没有核实。"

草薙合上笔记本,耸了耸肩。"没有。"

"你觉得这样可以吗?"间宫抬头看向草薙,目光锐利。

"组长你也知道,电影院、拉面店之类的地方,核实工作是最难做的。"

间宫听着草薙抱怨,把一张名片扔到了桌上。名片上印有"夜总会 玛丽安"的字样,地点在锦糸町。

"这是什么?"

"靖子以前工作的地方,三月五日,富樫在那里出现过。"

"遇害的五天前啊……"

"据说他在那里打听到靖子的各种情况后才回去。话都说到这个份上了,我的意思你们两个糊涂蛋也该明白了吧?"间宫用手指向草薙二人身后,"赶快去给我核实!没法核实的话,就去找靖子!"

5

方形盒子里竖着一根长约三十厘米的棍子，直径数厘米的圆圈套在棍子上，整体与套圈玩具类似，只不过盒子连着电线，并带有电源开关。

"这是什么？"草薙盯着盒子问道。

"还是别碰为好。"岸谷在一旁提醒。

"没关系。要是碰了会有危险，那家伙怎么可能随便往这里一放。"草薙啪的一声打开电源，套在棍子上的圆圈随即轻飘飘地浮了起来。

"哦！"草薙瞬间往后一缩。那圆圈悬浮着，开始左摇右晃。

"把圆圈往下压一压试试。"一个声音从身后传来。草薙回过头，只见汤川手里抱着书和文件，正要进屋。

"你回来了，去讲课了？"说着，草薙按汤川说的用手指往下压圆圈。然而瞬间，他就缩回了手。"这也太烫了吧！"

"我当然不会把碰了会有危险的东西随便往这里一放，不过有个前提，那就是碰的人至少要有最低限度的理科常识。"汤川走到草薙跟前,关上了盒子的电源,"这只不过是高中物理水平的实验器材。"

"我高中时又没选修物理。"草薙对着指尖直吹气,岸谷在他旁边哧哧地偷笑。

"这位是?我好像从未见过啊。"汤川看着岸谷问道。

岸谷收起笑容,站起身,鞠了一躬。"敝姓岸谷,有幸与草薙前辈共事。汤川老师,我仰慕您许久了。早就听闻您多次协助警方查案,'伽利略老师'的名号在我们一科相当有名。"

汤川皱了皱眉,连连摆手。"这个称呼就免了。归根结底,我并不是因为喜欢才协助查案,只是实在看不下去这个男人毫无逻辑的思维方式,才忍不住说几句。和这种人一起办案,小心被传染上思维僵硬的病。"

岸谷扑哧一声笑了出来,草薙用力地瞪了他一眼。"你笑过头了——汤川,你解决那些谜团的时候不也挺乐在其中的吗?"

"怎么可能?托你的福,好几次都让我的论文毫无进展。你今天不会也带了什么棘手的问题过来吧?"

"用不着担心,今天我没这个打算。只是正好到了这附近,就顺便来看看。"

"听你这么说,我就放心了。"

汤川走到料理台边,往一个金属制的烧水壶里添了水,放到煤气灶上。看来他又想喝速溶咖啡了。

"对了,旧江户川的那件案子破了吗?"汤川边往杯里倒咖啡粉边问。

"你怎么知道我们在负责那件案子?"

"稍微想想就明白了。你被电话叫走的那天晚上,电视新闻就播了。看你这不怎么高兴的表情,估计案情没什么进展。"

草薙露出一副愁眉苦脸的样子,挠了挠鼻翼。"怎么说呢,其实也不是完全没有进展,已经出现了几个嫌疑人,问题是接下来该怎么办。"

"哦,嫌疑人。"汤川似乎并未感到佩服,只是附和了一句。

这时,岸谷在旁边插话道:"我不认为我们现在的调查方向是正确的。"

"哦?"汤川看向岸谷,"也就是说,你对侦查方针有异议。"

"不,算不上是异议……"

"别多嘴好不好。"草薙皱起眉头。

"对不起。"

"你没必要道歉。服从命令的同时保留个人看法,是很正常的。如果没有这种人,调查很难合理地进行下去。"

"这家伙对侦查方针有意见,可不是因为这个。"草薙无奈地说,"他只是想袒护我们现在盯上的目标。"

"不……不能这么说……"岸谷吞吞吐吐道。

"行了,你别想糊弄我。你同情那对母女,对吧?说实话,我也不愿意怀疑她们。"

"看来情况还挺复杂。"汤川带着笑意,来回打量草薙和岸谷。

"没什么复杂的。被杀的男人有个早就离了婚的妻子,据说他在案发前不久打听过前妻的住址,所以我们按照惯例,要确认一下前妻的不在场证明,仅此而已。"

"原来如此,那她有不在场证明吗?"

"问题就出在这里。"草薙挠了挠头。

"你看,你一下子就吞吞吐吐起来了。"汤川笑着站起身,烧水壶里冒出了蒸汽，"你们要喝咖啡吗？"

"那我就不客气了。"

"我先不用了，我总觉得她的不在场证明很可疑。"

"我倒不觉得她们在说谎。"

"别说这种无凭无据的话，现在还没有核实。"

"可是对组长说电影院和拉面店无法做核实工作的，不就是草薙前辈吗？"

"我可没说无法核实，我只是说很难核实。"

"我懂了，也就是说，那名女嫌疑人称案发时她正在电影院里，对吧？"汤川端着两个咖啡杯回来，将其中一杯递给岸谷。

"谢谢您。"岸谷说着，突然瞪大了眼睛，像是被吓到了。多半是因为杯子太脏。草薙忍着没笑出来。

"只说看电影的话，证明起来很难吧。"汤川坐到椅子上。

"她们后来又去了KTV，那边的店员给出了相当明确的证词。"岸谷声音有力。

"但也不能因此忽视关于电影院的那部分证词。作案后再去KTV也是有可能的。"草薙说。

"花冈母女看电影的时间是在晚上七八点，就算案发现场再怎么荒僻，这也不是杀人的理想时间段吧？更何况凶手不光杀了人，还把死者的衣服脱掉了。"

"我也这么想，但不把所有可能性一一排除，就无法洗脱嫌疑，不是吗？"尤其无法说服那个顽固的间宫，草薙心想。

"虽然不太了解情况，但听你们说的，作案时间似乎已经确定了？"汤川插了个问题。

"根据解剖结果，推测死亡时间为十日下午六点之后。"

"没必要对普通民众说那么多。"草薙提醒道。

"可我们以前不是还请老师帮忙查过案吗？"

"那仅限于案子牵涉到神秘兮兮的谜团时，这次的案子找外行商量没有意义。"

"我确实是外行，不过希望你别忘了，我可是给你们提供了闲聊的场地。"汤川悠然抿了几口速溶咖啡。

"知道了，我走还不行吗？"草薙从椅子上站起身。

"那她们呢？无法证明自己去过电影院吗？"汤川端着咖啡杯问道。

"大致记得电影内容，但谁知道她们是什么时候去看的。"

"有票根吗？"

听到这个问题，草薙不禁回头看了汤川一眼，两人视线相接。

"还在。"

"嗯，从哪里拿出来的？"汤川的镜片反了一下光。

草薙轻笑一声。"我知道你想说什么，票根这种东西，一般是不会拿来珍藏的。如果花冈靖子是从橱柜里拿出来的，我肯定也会觉得奇怪。"

"这么说来，不是从那种地方拿出来的。"

"一开始她说票根应该是扔了，后来又说没准还在，就翻开了当时买的电影宣传册，发现票根就夹在里面。"

"原来是从宣传册里找到的。好吧，这倒没什么不自然的。"汤川抱起双臂，"票根上的日期是当天的吧？"

"当然，只是有票根未必意味着真的去看了电影，说不定是从垃圾桶或别的地方捡来的，也可能买了票但没有进电影院。"

"不管哪种情况，都表示那名嫌疑人去过电影院或电影院附近。"

"我们也是这么想的,所以今天一早便四处走访调查,希望能有目击者。结果,那天负责检票的女临时工今天休息,我们只能特意去了一趟她家。回来正好路过这里,顺便来看看。"

"看你的表情,显然没从检票员小姐那里得到有用的信息。"汤川弯起嘴角笑了。

"毕竟过去好几天了,她也不可能记住每个观众的长相。其实从一开始我就没抱什么希望,所以倒也不怎么失望。好了,我们已经打扰到了副教授,这就走。"草薙拍了拍还在喝速溶咖啡的岸谷的后背。

"好好干吧,警察先生。如果那名嫌疑人是真凶,你们将会很辛苦。"

听到汤川的话,草薙回过头。"什么意思?"

"我刚才不是说了吗?用来伪造不在场证明的票根要保存在何处,这个问题一般人是顾及不到的。如果能预料到警察会上门,并事先将票根夹进电影宣传册,说明这是个相当难对付的对手。"说话间,笑意已从汤川的眼中消失。

草薙思索着好友的话,点了点头。"我会留意。回头见。"草薙正要离开,开门前想起了一件事,再次回过头来,"嫌疑人的隔壁住着你的学长。"

"学长?"汤川颇感惊讶似的侧着头。

"是位高中数学老师,好像姓石神。他说他毕业于帝都大学,我猜应该是理学院的。"

"石神……"汤川喃喃自语似的重复了几遍,镜片后的双眼突然睁大,"难道是那个达摩石神?"

"达摩?"

"你等我一下。"汤川说完便走进了隔壁的房间。草薙与岸谷面面相觑。

汤川很快就回来了，手上拿着一个黑色封面的文件夹，在草薙面前翻开。"是不是这个人？"

那一页上排列着许多人的照片，都是学生模样的年轻人。页面上方印着"第三十八届硕士毕业生"。汤川指的那张照片上的硕士生长着一张圆脸，面无表情，像线一般细的眼睛正对着前方。姓名是石神哲哉。

"对，就是这个人！"岸谷说，"照片上年轻很多，但不会有错。"

草薙用手指盖住人像额头以上的部分，点了点头。"没错，现在他的头发比年轻时稀疏，我一下子没反应过来。就是那个老师。你认识这位学长？"

"不是学长，我们同届。当时理学院的学生从大三开始分专业方向。我去学了物理，而石神选了数学。"说着，汤川合上了文件夹。

"咦？这么说那个大叔和我也是同届？"

"他长得显老。"汤川抿嘴一笑，随后突然露出意外的表情，问道，"老师？你刚才说他是高中老师？"

"对，他说在当地的高中教数学，还是柔道社的顾问。"

"我听说他从小就被迫学习柔道，他爷爷好像开了家柔道馆。先不说这个，石神竟然当了高中老师……你没弄错吧？"

"当然没错。"

"是吗？既然你这么说，那应该是真的了。我一直没有他的消息，还以为他在某个私立大学做研究，没想到成了高中老师。石神他……"汤川的眼神似乎有些游移起来。

"他这么优秀吗？"岸谷问道。

汤川叹了口气。"我不想随便用'天才'这样的字眼,但他应该配得上这两个字,甚至还有教授表示他是五十年甚至百年难得一遇的人才。我和他不在同一专业,但他优秀到连我们物理系的人都有所耳闻。他向来不喜欢借助计算机求解,属于那种在研究室待到深夜、单凭纸笔挑战难题的类型。他的背影给大家留下了深刻的印象,以至于不知从何时起有了'达摩'这个绰号。当然,这是饱含敬意的绰号。"

听了汤川的讲述,草薙心想还真是人外有人。他一直认为眼前这位好友已经足够天才了。

"这么厉害的人也会当不上大学教授吗?"岸谷又问道。

"怎么说呢,大学这种地方,也是有各种各样的情况的。"汤川难得含糊地回答。

在无谓的人际关系网的束缚之下,恐怕汤川自己也常有压力,草薙暗自想象着。

"他看上去精神吗?"汤川看着草薙。

"不太好说,外表看上去不像是生了什么病,但和他说话,他显得有点冷漠,难以接近,或者说是不通人情吧……"

"就是一个让人猜不透的男人,对吧?"汤川苦笑道。

"没错。遇到警察上门,一般人多少会有点吃惊或者慌张,总归得有点反应,可他却面无表情,就像对身外之事漠不关心。"

"他可不会关心数学以外的东西,不过这样倒也别有魅力。你能告诉我他家的地址吗?有空我想去见见他。"

"没想到你会说出这种话,真稀奇。"草薙掏出笔记本,把花冈靖子所住公寓的地址告诉了汤川。物理学家记下地址后,便似乎对命案失去了兴趣。

下午六点二十八分,花冈靖子骑自行车回来了,石神透过窗户看到了她的身影。他面前的书桌上摆放着写有大量公式的纸。与这些公式搏斗,是他每日下班回家后的例行功课。今天柔道社不训练,他的功课却毫无进展。不光是今天,这几天一直如此。在屋里安静地窥探邻居渐渐成为一种习惯。他是在确认警察有没有上门。

警察昨晚又来了,是那两个之前来过石神家的刑警,石神记得其中一本警察手册上的名字——草薙。

据靖子说,正如石神所料,他们来确认电影院的不在场证明:电影院里有没有发生让人印象深刻的事?进电影院之前、出来之后以及在电影院里,有没有遇到什么人?票根还在不在?在里面买过东西的话,是否留有收据?电影的内容是什么?演员是谁?

关于KTV的事则没有被问起,想来警方已经核实过了。这是自然,石神本就有意选了那个地方。

按石神的指示,靖子给警察看了票根和电影宣传册的收据。除了电影情节,对其他问题一概坚称"想不起来了"。这也是石神事先叮嘱好的。

草薙二人就这样回去了,但石神觉得他们不会善罢甘休。既然会来确认电影院的不在场证明,那可以视为警方发现了足以怀疑花冈靖子的线索。究竟是什么线索呢?

石神起身拿过夹克,带上电话卡、钱包和钥匙,离开了家。刚要下楼,楼梯下方传来脚步声。石神放慢步子,稍稍低头。

上来的是靖子,她好像没有立刻认出前方的那个人是石神。即将错身而过时,她才像吃了一惊似的停下脚步。一直低头看着下方的石神察觉到靖子似乎想说些什么。

在靖子开口前，石神说道："晚上好。"

他刻意保持着与别人说话时同样的语气和低沉的声音，绝不与对方视线相交，连步调也丝毫未变，默默地走下了楼梯。

没准警察正在某处监视，所以就算遇到了，也务必表现得像普通邻居那样——这是石神给靖子的叮嘱之一。想到这一点，靖子也轻声说了一句"晚上好"，随后便一言不发地上楼了。

一走到常去的公用电话亭，石神迅速拿起听筒，插入电话卡。约三十米外有一家杂货店，一个貌似店主的男人正忙着打烊。除此之外，周围没有其他人。

"喂，是我。"

电话一通，立刻传出靖子的声音，听上去她早就知道电话是石神打来的。这让石神不由得开心起来。"我是石神。有什么异样吗？"

"那个……警察来过了，到店里来了。"

"弁天亭吗？"

"嗯，还是那两个警察。"

"这次他们问了什么？"

"他们问富樫有没有来过弁天亭。"

"你怎么回答的？"

"我当然回答没来过。结果警察说也许他来的时候我正好不在店里，说完就到后厨去了。后来我听店长说，警察让他们看了富樫的照片，问他们这个人有没有来过。警察在怀疑我。"

"你会被怀疑，完全在我的预料之中，什么也不用怕。警察只问了这些吗？"

"还问了我以前工作的地方，我说是锦糸町的一家夜总会。他们又问我现在还去不去那里，是不是还和店里的人保持联系。我按石神先生交代的，一概否认了。然后我就试探着问他们，为什么要打听我以前上班的店，他们说富樫最近去过那里。"

"原来如此。"石神耳朵贴着听筒，点了点头，"也就是说，富樫在那里打探过你的各种情况。"

"好像是，弁天亭的事似乎也是他从那里听说的。警察说，富樫好像在找我，所以他一定会去弁天亭。于是我只能回答没来过就是没来过，和我说这些也没用。"

石神想起了那个姓草薙的警察。他给人的感觉还算不错，说话时很随和，没什么压迫感。可既然隶属搜查一科，就一定有相当强的信息收集能力。他大概不是那种靠威慑使对方吐露真相的人，更像是不动声色地引导别人说出实情的类型。能从多封信件中发现帝都大学的信封，对于这样的洞察力也需要多加防范。

"其他还问了什么？"

"只问了我这些，但美里那边……"

石神猛地握紧了听筒。"警察去找她了？"

"嗯。刚才我听她说一出校门，警察就上来搭话了。我感觉就是来找过我的那两个人。"

"美里在旁边吗？"

"在。我让她来跟你说。"

"喂？"美里的声音立刻传来，看来她就在旁边。

"警察问了你什么？"

"警察给我看了那个人的照片，问他有没有来过家里……"

"那个人"指的应该就是富樫。

"你回答'没来过'，是吧？"

"嗯。"

"还问了别的吗？"

"还有电影的事。问我确不确定是在十日看的电影，有没有记错时间。我说绝对是在十日没错。"

"警察怎么说？"

"问我有没有和谁聊起过看电影的事，或是发邮件告诉过别人。"

"你怎么回答？"

"我说没发过邮件，但和朋友提起过，警察就问我能否告知朋友的名字。"

"你说了吗？"

"我只说了实香的名字。"

"实香是十二日和你聊起电影的那个朋友，是吧？"

"是的。"

"我明白了，这样就行。警察还问了什么吗？"

"后来问的都不是太重要的事了，比如在学校里开不开心，羽毛球社的训练累不累什么的。警察怎么知道我是羽毛球社的？当时我明明没拿球拍。"

石神推测草薙可能是看到了放在房间里的球拍，他的洞察力果然不可小觑。

"你觉得情况怎么样？"电话那头换成了靖子的声音。

"没问题。"为了让靖子安心，石神的声音坚定有力，"一切都在我的意料之中。警察之后应该还会再来，但只要按我说的做，就不会有问题。"

"谢谢。石神先生，您是我们唯一的依靠了。"

"加油，再忍耐一小会儿。明天见。"

石神挂断电话，取回电话卡时，他不禁对最后说出的那句话略感后悔。说什么"再忍耐一小会儿",实在太不负责任了。"一小会儿"具体是指多久呢?无法定量的东西就不该说出口。

不过无论如何,一切正如他所计划的那样推进着。他早料到警察会查到富樫曾找过靖子,因此断定靖子需要不在场证明,而警方怀疑那个不在场证明,也在他的预料之中。

石神还提前想到警察将去找美里问话,因为要推翻不在场证明,从女儿下手或许更容易。石神早已洞悉一切,并为此准备了各种应对措施,但也许应该再检查一下是否有漏洞……

石神抱着这些念头走回公寓,看见家门前站着一个男人。此人个子很高,身穿黑色薄外套。大约是听到了石神的脚步声,男人转过身来面向他,镜片上有光闪过。

石神原以为对方是警察,但立刻改变了想法,因为男人的皮鞋表面光亮,像新买的一样。

他警惕地走上前,这时对方开口了:"是石神吧?"

石神循声抬头望向对方。男人脸上浮现出笑容,令石神隐约觉得有些眼熟。

石神长吸一口气,睁大了眼睛。"你是汤川学?"

二十多年前的记忆,鲜活地复苏了。

6

那天如往常一样，教室里空荡荡的。可以容纳一百人的房间里，最多不过有二十人左右。几乎所有学生都坐在教室后方，以便点完名后能立刻溜走，或是在下面做点自己的事。

来听课的学生里，将来选择数学系的尤其少，甚至可以说只有石神一个。这门课讲来讲去都是应用物理学的历史背景，很不受学生欢迎。

石神对这门课也没什么兴趣，但还是习惯性地坐在了最前排左数第二个座位上。无论什么课，他都会坐在这里或与之邻近的位子。之所以不选择正中间，是他有意想客观看待每门课程。他知道无论多优秀的教授，说的话也不会永远正确。

石神大多数时候是孤独的，但那天罕见地有人坐到了他的正后方。石神并未留意，在老师到教室之前，他还有事要做。他取出笔记本，开始钻研某个问题。

"你也是埃尔德什的信徒吗？"

最初，石神没有意识到这个声音是在对他说话，片刻后才抬起头,因为他好奇是谁说出了"埃尔德什"这个名字。他转头朝后面望去。

一个头发及肩、敞着衬衫前襟的男生正双手托腮,脖子上还戴着金色的项链。石神常看到这张面孔,知道他打算选物理系。

刚才说话的人应该不是他——石神刚这么想,那个长发男生便托着腮继续说道:"纸和铅笔是有极限的,但也许尝试本身就有它的意义吧。"

听到和刚才相同的声音,石神有些吃惊。"你知道我在做什么?"

"稍微瞟到了一些而已,我不是故意的。"长发男生指了指石神的桌子。

石神看回自己的笔记本。上面写着数学公式,但还没写完,只有一小部分。看一眼就能知道他在解什么,说明对方曾钻研过这个问题。

"你也做过?"石神问。

长发男生终于放下托腮的手,脸上浮现出苦笑。"我主张的是不必要的事就不做。我将来要选物理系,到时只须运用数学家给出的定理就好,证明工作就交给你们了。"

"但你对这个有兴趣?"石神拿起笔记本。

"因为它已经得证了,了解一下已被证明的东西总没有坏处。"他看着石神的眼睛继续说道,"四色问题已经被证明,即所有地图都可以用四种颜色来区分。"

"不是所有地图。"

"对,要加上一个条件:在平面或球面上。"

平面或球面上的任意一张地图是否都能以四种颜色来区分相邻区域?这是数学界的著名问题之一,由阿瑟·凯莱于一八七九年正式提出。虽说只要证明可以区分，或设计出无法区分的地图即可，但解决这个问题仍花了近百年时间。证明出来的人是伊利诺伊大学的凯尼斯·阿佩尔和沃夫冈·哈肯。两人用计算机确定所有地图都是约一百五十种基本地图的变形，并证明它们可以用四色区分。这是一九七六年的事。

"我不认为那是完备的证明。"石神说。

"我想也是，所以你才要这样用纸和铅笔来解题。"

"以他们那种证法，如果靠人工计算，工作量就太大了，因此才使用了计算机。不过这样也就无法精准判断他们的证明是否正确。连确认也非用计算机不可，这不是真正的数学。"

"你果然是埃尔德什的信徒。"长发男生微微一笑。

保罗·埃尔德什是生于匈牙利的数学家。他浪迹世界，与各地的数学家共同研究并因此成名。他坚信好的定理必有其美妙、自然、简洁的证明方法，四色问题也是如此。他承认阿佩尔和哈肯的证明并无错误，却并不认为他们的方法是赏心悦目的。

埃尔德什的信徒——长发男生看穿了石神的本质。

"前天，我去教授那里问了一下数值分析的考题。"长发男生换了个话题，"题目本身没什么错，但得出的解答可不怎么优雅。果然，好像是出了一些小小的印刷错误。不过让我吃惊的是，据说还有学生也指出过同样的问题。说实话，我很懊恼，还自以为只有我能完美地解开那道题目。"

"那种难度的问题——"说到这里，石神把后半句咽了回去。

"教授也说，石神能够解出来是再正常不过的。果然人外有人，我一直觉得自己不是学数学的料。"

"你刚才说要选物理系？"

"我姓汤川,请多多关照。"他向石神伸出手。

虽然眼前这个男生看上去十分古怪,石神还是和他握了手,随后又觉得有些好笑,因为石神突然意识到通常被称为怪人的是自己。

此后,石神和汤川并无深交,但打照面时定会交谈一番。汤川很博学,对数学和物理之外的领域也知之甚多,连石神打心底轻视的文学和艺术都了如指掌。石神不清楚汤川究竟有多丰富的知识,因为他缺乏判断的基准。汤川也许是明白了石神对数学以外的事物都不感兴趣,很快就不再提起其他话题了。即便如此,对石神而言,汤川仍是他进入大学后第一个能聊得来的同伴,也是第一个获得他肯定的人。

不久,他们一人选择了数学系,一人选择了物理系,走上不同道路后,便很少再见面了。只要成绩达标即允许转系,但两人均无此意。石神觉得走上适合各自的道路对双方而言都是正确的选择。两人拥有同样的野心,试图通过理论构建世间万物,但路径却正好相反:石神靠搭起名为"算式"的积木来达成理想,汤川则先从观察开始,在此基础上再去发现和解开谜题;石神喜欢数学模拟,而汤川对实验充满热情。

尽管很少见面,石神还是能不时听到汤川的事迹。研二那年秋天,听说一家美国企业买下了汤川设计的"磁齿轮"时,石神由衷感到佩服。

硕士毕业后,石神离开了大学,无从得知汤川的情况。自那之后两人一直没再见过面,二十多年的岁月就这样匆匆而逝了。

"还是老样子啊。"汤川进屋后,刚一抬头看到书架便说道。
"什么?"

"你这里真是除了数学还是数学。就算是我们学校数学系的，也没人能收集到这么多资料吧。"

石神一言不发。书架上不仅有相关书籍，还排列着放有各国学会资料的文件夹。这些资料主要来自互联网，但石神自认比那些半吊子研究人员更熟知当今的数学界。

"你先坐吧，要不要来杯咖啡？"

"咖啡也不错，不过我带来了这个。"汤川从提的纸袋里取出一个盒子，是有名的日本酒。

"这是做什么？不用这么客气。"

"久别重逢，空着手来说不过去。"

"抱歉啊，我叫个寿司吧。你还没吃饭吧？"

"不，你别这么客气。"

"我也还没吃。"石神拿起电话子机，翻开一个为点外卖整理的文件夹。看了看寿司店的菜单，他又有些拿不定主意。石神一般只会订普通拼盘，不过这次他打电话订了上等拼盘和刺身，寿司店店员应答时显得颇为意外：这一户有正经客人拜访是多久以前的事了？

"我还真是吃了一惊，没想到汤川你会来。"石神说着坐下了。

"偶然从认识的人那里听说了你的情况，不由得有些怀念。"

"认识的人？有这样的人吗？"

"这件事说起来有点微妙。"汤川挠了挠鼻翼，似乎有些难以启齿，"你这里不是来过一个警视厅的刑警吗？姓草薙。"

"刑警？"石神心下一惊，但留心着并未表现出来。他又看了一眼昔日的同窗，心想这个男人是不是知道了什么……

"那个刑警和我们是同届。"汤川的话令人意外。

"同届？"

"我们都在羽毛球社。别看他那副样子,其实和我们一样毕业于帝都大学,不过他是社会学院的。"

"啊……是吗?"正要在石神心中弥漫开来的不安瞬间消散,"说起来,他确实一直盯着大学给我寄来的信件,我还以为他很在意帝都大学。既然他也是那里毕业的,当时说出来不就好了。"

"对他来说,帝都大学理学院的毕业生才不是什么同窗,只会觉得他们是另一个人种。"

石神点点头,心想彼此彼此。一想到和自己在同一时间上同一所大学的人如今成了刑警,就觉得很奇妙。

"我听草薙说,你在高中教数学。"汤川直视石神。

"就在这附近的高中。"

"我听说了。"

"你留校了吧?"

"嗯,在第十三研究室。"汤川回答得很坦率。石神认为他并非在演戏,而是真心没有炫耀的意思。

"当教授?"

"不,还在前一个阶段打转,现在上面已经挤满了。"汤川爽快地说。

"我以为有了'磁场齿轮'这项功绩,你应该已经当上教授了。"

听了石神的话,汤川笑着摸了把脸。"也就你还记得这个名字。这东西最终没能实现,现在已经成了一纸空谈吧。"说着,他打开带来的酒。

石神起身从架子上取出两个杯子。

"倒是石神你,我一直以为你已经当上了大学教授,正在挑战黎曼猜想。"汤川说,"达摩石神究竟是怎么了?还是说为了表达对埃尔德什的情义，也打算当个流浪数学家了？"

"不是这样的。"石神轻叹了一声。

"好了，先干一杯吧。"汤川没再追问，往杯里倒上酒。

石神自然打算将一生奉献给数学研究。硕士毕业后，他和汤川一样，决心留校攻读博士，但因为必须要照料双亲，这个想法最终没能实现。石神的父母年事已高又疾病缠身，即使他能半工半读，也赚不出双亲的生活费。

正在那时，石神从教授那里得知一所新设立的大学正在招聘助教，学校离他家不远。石神想只要能继续做数学研究就好，便决定接受这份工作。结果，这个决定打乱了他的人生。

在那所大学里，石神无法做任何像样的研究。教授们只想着权力斗争和明哲保身，既无意培养优秀学者，也没有野心去完成划时代的研究。石神辛苦写好的研究报告就这样永远沉睡在教授的抽屉里。加之学生的水平低，照顾那些连高中数学都没能完全弄明白的学生，占用了石神大量的研究时间。他被迫忍耐着如此多的煎熬，可工资又少得令人惊讶。

石神曾想过去别的大学任教，但希望渺茫。设立数学系的大学本就不多，就算有，经费预算也少得可怜，没有多余的钱请助教，因为与工学院不同，很少能获得企业的赞助。

转换人生方向已迫在眉睫，石神最终选择用学生时代考取的教师资格证养家糊口，同时也放弃了成为一位数学家以安身立命的梦想。石神觉得告诉汤川这些往事毫无意义。在他的认知中，不得不斩断学术之路的人大多有类似的苦衷，他的经历并无特殊之处。

寿司和刺身送到了，两人边吃边喝起了酒。汤川带来的酒喝完了，石神便拿出了威士忌。他极少喝酒，但喜欢在解开数学难题后，小酌几口来缓解脑部疲劳。

对话算不上热络,但两人一边回忆学生时代一边谈论数学,甚是愉悦。石神再次意识到他已经失去了这样的时光太久。自离开大学后,这样的情景似乎还是首次。他想也许除了这个男人,再没有人能够理解他,也再没有人能把他视作平等的人给予认可了。

"对了,我忘了一件重要的事。"汤川突然开口,并从纸袋里拿出一个大号的茶色信封,放到石神面前。

"这是什么?"

"拿出来看看。"汤川笑着回答。

信封里放着 A4 大小的报告纸,上面密密麻麻地写满了数学公式。石神扫过第一页后,便明白过来。"你在尝试反证黎曼猜想?"

"一眼就被你看穿了。"

黎曼猜想被称为当今数学界最著名的难题:只须证明数学家黎曼提出的假设正确即可,但至今无人成功。汤川拿出的报告则是要证明假设错误。石神知道有学者在做这项尝试,不过,目前也没人能成功反证。

"这是我从数学系的教授那里拿来的复印件,研究还没有公开发表。虽然还没反证成功,但我觉得是找对方向了。"

"这么说,黎曼的假设是错的?"

"我只是说找对方向了。如果假设正确,那这篇论文就是在某些地方有错。"

汤川的眼神像是一个淘气的小孩在确认恶作剧的结果,石神立刻察觉出他的目的:汤川在挑衅,同时也想看看达摩石神的能力衰退到了什么地步。

"能让我看一下吗?"

"就是带给你看的。"

石神读起了论文。不久,他起身坐到桌前,摊开放在一旁的新报告纸,拿起圆珠笔。

"P ≠ NP 问题,你肯定知道吧?"汤川在他身后说道。

石神回过头。"对于数学问题,自己思考得出答案与确认从他人那里听到的答案是否正确,哪个更容易?或者说各自的难度如何?这是克雷数学研究所悬赏的问题之一。"

"不愧是你。"汤川笑着喝了一口酒。

石神再次面向书桌。他认为数学与寻宝相似,首先得找好从哪个突破口进攻,设计出抵达宝藏的挖掘路线,然后再按照计划搭建公式,获取线索。如果什么也没得到,就必须改变路线。只要踏实、耐心且大胆地走下去,就能找到没有人发现过的宝藏,即正确答案。

沿用这个比喻,检验他人的解法就像是沿着已有的挖掘路线前进。看起来简单,其实却并非如此。走到错误的路线上会找到假宝藏,而证明宝藏是假的有时比探寻真宝藏更难。正因如此,才有人提出了 P ≠ NP 这种非常规问题。

石神忘记了时间。好胜心、钻研心和自尊心使他异常兴奋。他的双眼一刻也未曾离开过数学公式,脑力全部倾注于此。

突然,石神站起来,拿着报告回过身。汤川披着大衣,蜷起身体睡着了。石神摇了摇他的肩膀。"快醒醒,我弄明白了。"

汤川睡眼惺忪,慢慢直起身。他搓了搓脸,抬头看向石神。"明白什么了?"

"我弄明白了!很遗憾,这个反证有误。这是一次很有趣的尝试,但在质数的分布上存在本质错误……"

"等等，你先等一下。"汤川把手伸到石神面前，"我刚睡醒，就算听了你那艰深的说明，也不可能懂。不对，就算我脑子清醒的时候也不会懂。坦白说，我对黎曼猜想已经举手投降了，只是觉得你可能会感兴趣，才把这个带来的。"

"你不是说找对方向了吗？"

"那是数学系的教授说的，我现学现卖。其实他知道反证有误，所以才没有发表。"

"这么说，我发现错误也是很正常的了。"石神很沮丧。

"不，你很厉害。那位教授说，就算是水平不错的数学家，恐怕也不能马上发现错误。"汤川看了看手表，"你只花了六个小时就找到了，相当出色。"

"六个小时？"石神望了眼窗外，天色开始渐渐发亮。再一看闹钟，已经将近五点。

"你还是一点儿都没变。这我就放心了。"汤川说，"达摩石神神采依旧，我看着你的背影时就在这么想。"

"对不起，我忘了你还在这里。"

"没关系。你也该睡一会儿了，今天还要去学校吧？"

"是啊，不过可能要兴奋得睡不着了。我已经很久没有这样全神贯注了，谢谢你。"石神伸出手。

"看来我没来错。"汤川说着，握住了石神的手。

石神小睡到了七点。也许是因为大脑疲劳，又或是出于巨大的精神满足，在这短短的时间里他睡得很熟，醒来时觉得脑子比往常更为清醒。

石神准备出门时，汤川说："隔壁的人真早啊。"

"隔壁的人？"

"刚才我听到了出门的动静，大概是刚过六点半的时候吧。"看来那时汤川已经醒了。石神正想着是不是该说些什么，只听汤川继续说道："昨晚提到的那个刑警草薙说，你隔壁邻居好像是嫌疑人，所以他才到你这里来问话了。"

石神装出一副平静的模样，披上了外衣。"他会和你提起案子？"

"有时候吧。他来我这里偷偷懒，顺便发发牢骚，然后再回去，差不多就是这样。"

"究竟是什么案子？刑警草薙……是吧？他没有告诉我详情。"

"据说一个男人被杀了，是你隔壁邻居的前夫。"

"这样啊……"石神仍旧面无表情。

"你和隔壁的人有来往吗？"汤川问道。

石神的大脑在一瞬间飞速运转。单从口吻推测，汤川这么问似乎并无特别的深意，所以他可以适当地敷衍了事，但他非常在意汤川与草薙之间的关系，也许汤川会对草薙说起他们重逢的事。考虑到这一点，他现在必须作答。

"没什么来往，不过我常去花冈小姐——隔壁的人姓花冈——工作的便当店。当时是我疏忽，没把这件事告诉草薙警官。"

"哦，便当店吗？"汤川点点头。

"我不是因为邻居在那里工作才去买便当的，只是她正好在我常去的店里工作，毕竟那家店就在学校附近。"

"是吗？不过就算交情不深，知道她是嫌疑人还是觉得很不舒服吧？"

"没什么，这事和我又没关系。"

"也是。"汤川好像并未怀疑。

七点三十分，两人一起出了门。汤川没去更近的森下站，而是同石神走到了高中旁,这样可以少换乘。汤川不再提及案子和花冈靖子。石神之前怀疑汤川可能是受草薙之托前来打探情况的,现在看来是他想多了。草薙没有理由为了试探他而使出这种方法。

"真是有意思的上班路线。"

汤川说这句话时,他们正从新大桥下穿过,开始沿隅田川步行。想必是因为那里排列着流浪汉的住所。那个将花白的头发束于脑后的男人正在晾衣服。再往前,被石神取名为"罐头男"的男人和往常一样压着空罐。

"还是一如既往的场景。"石神说,"这一个月来,什么都没变。他们就像时钟一样精确地生活着。"

"人一旦从时钟中解放出来,反而会变得精确。"

"我有同感。"

他们在清洲桥前上了台阶,旁边有一栋写字楼。看着两人映在一楼玻璃门上的身影,石神轻轻摇头。"你看起来一直都那么年轻,与我完全不同,头发也很浓密。"

"哪里,我老了很多。先不说头发,脑子已经变得迟钝了。"

"你的要求太高了。"

石神说着玩笑话,心里却有点紧张。再走下去,汤川就该跟到弁天亭了。对于花冈靖子和他的关系,这个拥有极强洞察力的天才物理学家会不会有所觉察?他微微感到不安。此外,看到他和一个陌生男人一起过来,靖子说不定会惊慌失措。

看见店铺招牌时,石神说道:"那个就是我之前提到的便当店。"

"叫弁天亭?有趣的名字。"

"我今天也要去买份便当。"

"是吗?那我就先走了。"汤川停下脚步。

石神有些意外，同时又暗自庆幸。"没能好好招待你，不好意思。"

"我得到的可是最高级别的招待。"汤川眯起眼睛，"你不打算回大学做研究了？"

石神摇了摇头。"大学里能做的事，我一个人也能做，而且都到这个年纪了，不会有大学收留我了吧？"

"我倒觉得没那回事。好吧，我不强人所难。今后继续加油。"

"你也一样。"

"能再见面真是太好了。"

两人握过手，石神目送汤川走远。他并非恋恋不舍，而是不想让汤川看到他走进弁天亭。

等汤川的身影完全消失后，石神转过身，快步离去。

7

看到石神表情沉稳自若,靖子下意识地松了口气。昨晚石神家里好像难得来了一位客人,直到很晚都能听到说话声。莫非是警察?她有些担心。

"我要一份便当。"石神点了单,声音依旧没什么起伏。他低头不看靖子的样子也一如往常。

"好的,便当一份。感谢惠顾。"应答后,靖子低声问道,"昨天是不是有客人?"

"啊……嗯。"石神抬起头,似乎有些吃惊地眨了眨眼。随后他环视四周,小声说道:"我们还是别交谈为好,不知道警察是不是正在哪里监视着。"

"对不起。"靖子缩了缩脖子。

直到便当做好,两人都沉默不语,也没有交换过一个眼神。靖子望向外面的马路,完全感觉不到有人在监视自己。当然,如果真有警察潜伏在附近,必定会避人耳目。

靖子将做好的便当递给石神。

"是同学。"石神付钱时轻声说了一句。

"什么？"

"大学时的同学来找我。非常抱歉，吵到你了。"石神说话时极力不动嘴唇。

"不，哪里。"靖子不禁露出笑容。为了不让旁人看见她的表情，她低下了头。"原来是这样，我就是觉得，您府上来客人还真少见。"

"这是第一次，连我都吓了一跳。"

"真是太好了。"

"嗯，算是吧。"石神拎起装便当的袋子，"那么，晚上见。"

估计他是在说今晚会打电话过来，靖子答了声"好"。她目送石神弓着背走上马路，心里有些意外，没想到这个看起来已经与世隔绝的人居然也有朋友来访。

早上的用餐高峰过后，靖子与往常一样和小代子等人在后厨休息。喜好甜食的小代子拿出了大福，嗜辣的米泽并不感兴趣，只是喝着茶，临时工金子还在送货，并没有回来。

"从昨天到现在，他们是不是没再来找过你？"小代子喝了口茶后问道。

"他们是谁？"

"就是那些家伙啦，警察。"小代子皱起眉头，"他们这么刨根问底地打听你老公的事，所以我才想说，昨晚他们该不会又去你家了吧？我没说错吧？"她转头征求米泽的赞同，沉默寡言的米泽只是轻轻点了点头。

"哦，那之后什么事也没有。"

其实美里一出校门就被警察拦下问话，但靖子认为没有必要说出来。

"那就好，毕竟那帮警察只会死缠烂打。"

"来问个话而已。"米泽说，"警察又没怀疑靖子，他们也有各种程序要走吧。"

"也是，警察也算公务员嘛。幸亏富樫没来过我们店。这么说不太好，不过要是他被杀前来过这里，靖子肯定会被怀疑吧？"

"怎么可能有这种蠢事。"米泽面露苦笑。

"这谁知道呢。警察不是说了吗？富樫在玛丽安打听过靖子的消息，所以不可能不到这里来。这就表明他们是在怀疑靖子啊。"

玛丽安便是那家位于锦糸町的夜总会，靖子和小代子曾在那里工作过。

"就算你这么说，可没来过就是没来过。"

"所以我才说幸亏富樫没来过店里，哪怕他只来过一次，你看着吧，警察一定会死缠着靖子不放的。"

"是吗？"米泽歪着脑袋，从他的表情来看，他似乎并不在意这件事。

如果他们知道富樫其实来过店里，会露出怎样的表情呢？靖子如坐针毡。

"虽然影响心情，不过再忍耐一下就好啦，靖子。"小代子轻松地说，"前夫离奇死亡，警察肯定会来的。反正过不了多久就没事了。以后你就能真正地放松下来了，毕竟富樫一直是你的一块心病。"

"算是吧。"靖子勉强挤出笑脸。

"老实说，我觉得富樫被杀是一件好事。"

"喂！"

"这有什么？我实话实说而已。你根本不知道靖子因为那个男人吃了多少苦头。"

"你也不清楚吧。"

"我没有和他直接接触过，但听靖子说了很多，当初她就是为了摆脱那个男人才去玛丽安工作的。就这样他还来打听靖子的事，想想都觉得可怕。我不知道是谁杀了他，但我想谢谢那个凶手。"

米泽目瞪口呆地站了起来。小代子不悦地目送他的背影离去后，把脸凑向靖子。"到底怎么回事啊？是被讨债的人缠上了吗？"

"谁知道呢。"靖子歪起头。

"反正没连累到你就好，我只是担心这个。"小代子快速说完，把剩下的大福塞进嘴里。

回到前台后，靖子依然心情沉重。米泽夫妇丝毫没有起疑心，反倒担心靖子因案子而受到连累。一想到自己欺骗了他们，靖子就觉得很痛苦。但如果靖子被捕，会对两人造成非比寻常的困扰，弁天亭的经营也将受到影响。想到这里，靖子觉得除了完美地隐藏罪行，已无路可走。

靖子一边想一边继续手上的工作，不知不觉间差点发起呆来。可她知道现在必须专心投入工作，便努力集中起精神接待顾客。

店里空闲了一阵，将近六点时店门开了。

"欢迎光临。"靖子条件反射般招呼了一声，看向客人后瞬间睁大眼睛，"啊……"

"你好。"男人笑着说，眼尾挤出了皱纹。

"工藤先生……"靖子捂着嘴道，"您为什么会来这里？"

"什么叫为什么会来这里？当然是为了买便当。哦？种类看起来很丰富啊。"工藤抬头看着便当的照片。

"您是从玛丽安听说这家店的吗？"

"算是吧。"工藤微微一笑，"昨天我又去了那里，好久没去了。"

靖子从取便当的柜台向后厨喊："小代子姐，不好了，你快过来一下。"

"怎么了？"小代子惊得睁大双眼。

靖子笑着说："是工藤先生，工藤先生来了。"

"工藤先生？"小代子边摘围裙边往外走。当她抬头望向身穿大衣、笑着站在那里的男人，立刻张大了嘴。"啊，工藤老弟！"

"你们两个看上去都挺精神的。妈妈桑，你和你家那位过得还不错吧？看这店的样子，就知道一切顺利。"

"好歹是熬过来了。你怎么突然来了？"

"就是想来看看你们。"工藤挠着鼻子，看向靖子。这是他害羞时的习惯性动作，这么多年来都没变过。

工藤是靖子在赤坂工作时的常客。他总是点名叫靖子，也曾在她上班前和她吃过饭，店里的工作结束后两人还常常一起去喝酒。靖子为了躲避富樫，去锦丝町的玛丽安上班时，只告诉过工藤一人，工藤立刻又成了那里的常客。靖子离开玛丽安一事，也是第一个告诉了工藤。当时，他神情有些落寞地祝福靖子："要努力让自己幸福啊。"

自那之后，这是两人的第一次再会。

米泽从后厨出来，与工藤聊起了往事，气氛渐渐热烈起来。米泽也是玛丽安的常客，和工藤算是相识。

聊了一阵子之后，小代子说："你们一起去喝杯茶吧。"想来她是特意这样说的，米泽也点了点头。

靖子看向工藤，便听他问道："你有时间吗？"工藤也许是一开始就想约靖子，才选在这个时候过来。

"好，就一会儿。"靖子笑着答道。

两人出了门，朝新大桥路走去。

"本来想和你好好地吃顿饭，不过今天还是算了。你女儿应该在等你回家吧。"工藤说。靖子在赤坂工作时，工藤就知道她有一个女儿。

"工藤先生，您的孩子还好吧？"

"好着呢。今年已经高三了，想到考大学的事，我就头痛。"他皱起眉头。

工藤经营着一家小型印刷公司。靖子听说他住在大崎，与妻子和儿子一起生活。

两人进了新大桥路边的一家咖啡馆。十字路口附近还有一家家庭餐馆，但靖子有意避开了那里，因为那是她和富樫碰面的地方。

"我去玛丽安，就是为了打听你的情况。你辞职的时候，我知道你要去小代子的便当店帮忙，可不知道具体地址。"

"您怎么突然想起我了？"

"嗯……也不算突然。"工藤点了一支烟，"其实是我从新闻里得知发生了命案，有点在意。你前夫出了这种事，真是不幸。"

"啊……亏您能认得出是他。"

工藤吐着烟苦笑。"我当然知道，他姓富樫，而且那张脸我不会忘记。"

"对不起。"

"你不用道歉。"工藤笑着摆摆手。

靖子清楚工藤对她有意，她对工藤也有好感，但两人从未发生过男女关系。工藤曾几次邀她去酒店，她都婉言拒绝了。她没有勇气和一个有妇之夫发生婚外情，而且当时她有丈夫，虽然工藤并不知情。

工藤见到富樫，是在他将靖子送回家的时候。靖子总是在离家稍远的地方下出租车，那天也是如此，但她把烟盒落在车里了。工藤追上去，想将烟盒还给她，就见她走进了一栋公寓。他便直接来到门口敲门，不料开门的不是靖子，而是一个陌生男人，也就是富樫。

当时富樫已经喝醉了，认定突然造访的工藤是缠着靖子求爱的客人。没等工藤解释，他勃然大怒，随即对工藤大打出手。如果不是正准备洗澡的靖子及时出来阻拦，他怕是要气势汹汹地举起菜刀了。

几天后，靖子带富樫去向工藤道歉。当时，富樫看上去一本正经的，也十分老实，大概是害怕工藤会报警吧。工藤并没有生气，只是提醒富樫，一直让妻子做陪酒的工作不好。富樫明显有些不高兴，但还是默默地点了点头。

此后工藤还是常常去店里，和之前没什么不同，对靖子的态度也一如既往，只是两人在其他地方不会单独见面了。没有旁人的时候，工藤偶尔会问起富樫。问到他有没有找到工作时，靖子每次都只能摇头。

最早发现富樫家暴的是工藤。靖子靠化妆巧妙地遮盖脸上和身上的瘀青，但唯独没能瞒过工藤的眼睛。当时工藤告诉靖子最好找律师，费用由他来出。

"那你现在情况如何？生活有没有什么变化？"

"变化……就是警察上门来了。"

"果然，我就知道。"工藤有些懊恼。

"没什么好担心的。"靖子对他一笑。

"上门的只有警察吗？那些媒体呢？"

"还没有。"

"那就好。这不是轰动性的大案子,媒体应该不会蜂拥而来,但万一你有什么麻烦,我可以帮点忙。"

"谢谢。你还是这么温柔。"

靖子的话令工藤有点害羞,他低着头,手伸向咖啡杯。"你和案子没什么关系吧?"

"当然没有,你觉得和我有关?"

"我一看到新闻就想起你,不由得担心起来。不管怎么说,这是起命案。我不知道那个人是因为什么被杀,又是被谁所杀,但我不希望你受牵连。"

"小代子姐也说了同样的话,看来大家想的都一样。"

"看到你气色还不错,我觉得果然是我多虑了。你和那个人好几年前就离婚了,最近应该也没见过面吧?"

"那个人?"

"富樫先生。"

"当然没有。"靖子回答时,能感觉到自己表情僵硬。

随后,工藤说起了近况。虽然不景气,但公司好歹还能维持业绩。至于家庭,除了独生子外,他并未多提。以前就是如此。靖子完全不清楚他与妻子的关系如何,但她猜测应该并无不睦。在外面能体贴待人的男人大多家庭和乐,这是靖子陪酒时便悟出的道理。

打开咖啡馆的门,外面正在下雨。

"都怪我,要是刚才让你快点回家,就不会淋雨了。"工藤一脸歉意,回头看向靖子。

"您别这样说。"

"你家离得远吗?"

"骑自行车十分钟左右。"

"自行车？可是……"工藤咬着嘴唇，抬头看了看雨势。

"没事。我有伞，自行车先存放在店里，我明天早一点出门就是了。"

"那我送你回去。"

"不用麻烦了。"

只见工藤已经走上人行道，朝出租车挥了挥手。

"下次我们再好好吃顿饭吧？"坐上出租车没多久，工藤说，"你女儿也可以一起来。"

"不用操心那孩子，倒是工藤先生您没问题吗？"

"我随时有空，现在没那么忙了。"

"哦。"

其实靖子问的是他妻子，不过她没再问下去。她感觉对方清楚她的意思，只是假装没有听懂。

工藤问起手机号码时，靖子说了，她没有理由拒绝。

工藤让出租车司机停在公寓前。因为靖子坐在里侧，工藤便先下了车。

"会淋湿的，快上车吧。"一下车，靖子就说道。

"那改天见。"

"嗯。"靖子轻轻点点头。

工藤坐进出租车，仍望着靖子身后。靖子见状回过头，发现楼梯下有个男人撑着伞站在那里。虽然光线昏暗看不清长相，但从体形判断应该是石神。

石神缓缓走开了。靖子猜测工藤会看向那边，可能是因为石神刚才正一动不动地盯着他们。

"我会给你打电话的。"工藤留下这句话后，便乘出租车离开了。

靖子看着车尾灯越来越远，发现自己很久不曾这样情绪亢奋。和男人在一起并如此愉快，这种感受已经不知多少年没有体验过了。

出租车从石神身边驶过。

靖子回到家，美里正在看电视。

"今天没什么事吧？"靖子问。

这自然不是指上学，美里也明白她的意思。"什么事都没有。实香没说什么，我猜警察还没去找她。"

"哦。"

不久，靖子的手机响了，液晶屏幕上显示的是一个公共电话。

"您好，是我。"

"我是石神。"对面传来了预期中的低沉声音，"今天没事吧？"

"没有特别的情况，美里也说她那边什么事都没有。"

"这样就好，但是请不要大意，警方应该还没消除对你们的怀疑。我想，他们恐怕正在彻查你身边的人。"

"我明白。"

"还有什么异常的事吗？"

"嗯？"靖子有些疑惑，"我刚刚说了，没有什么特别的情况。"

"不好意思。那好，明天见。"石神挂断电话。

靖子惊讶地放下手机。她觉得石神难得像刚才那样表现出无措的样子。莫非因为他见到了工藤？靖子想，石神应该感到很奇怪，那个和自己亲密交谈的男人究竟是谁？他最后的那个问题，也是因为想知道工藤的情况吧。

靖子明白石神为什么会帮助她们母女。恐怕正如小代子所言，他喜欢靖子。如果靖子和别的男人交往甚密，结果又会如何呢？石神还会像之前那样伸出援手吗？还会为了她们绞尽脑汁吗？

可能还是别和工藤见面为好，靖子想。就算要见面，也不能让石神发现。但如此思索过后，一种难以言喻、类似于焦躁的情绪在她心中扩散开来——

要一直这样到什么时候才算结束？必须避开石神，偷偷摸摸到何时？还是说只要案子没过追诉期，就永远无法和别的男人交往……

8

鞋底发出阵阵摩擦声,同时传来的还有轻微的击球声。这声音令草薙颇为怀念。

他站在体育馆的入口朝里张望。近前的一块场地上,汤川正握着球拍,严阵以待。大腿上的肌肉与年轻时相比有些松弛,但汤川架势十足。对手是个学生,球技相当不错,并没有被汤川刁钻的攻击逼得来回跑。

学生的扣杀成功了。汤川当场瘫坐在地,苦笑着说了些什么。这时,他注意到草薙,便朝学生打了声招呼,拿着球拍走了过来。"今天又是什么事?"

听汤川这么问,草薙微微往后一仰。"哪有你这么说话的。明明是你先打来电话,我以为是有事找我,才过来的。"草薙的手机显示有来自汤川的未接电话。

"不是什么大事,我就没有特地留言。我这是为你着想,看你都关机了,肯定非常忙。"

"你打来时,我正在看电影。"

"看电影？在工作时间？真是好福气。"

"还不是为了确认不在场证明？我总得去看一下是什么电影，要不怎么确认嫌疑人说的话可不可信。"

"不管怎么说都是假公济私。"

"为工作看电影，根本没有丝毫乐趣可言好吗？既然没什么大事，我就不该特地跑到这里来。亏我刚刚还给研究室打了电话，他们说你在体育馆。"

"既然来了，一起吃顿饭吧，而且，我确实有事找你。"汤川在入口处换上进场馆时随意脱下的鞋。

"什么事？"

"就是那件事。"汤川说着，往外走去。

"那件事？"

汤川停下来，拿球拍拍了拍草薙。"电影院的事。"

两人走进大学旁边的小酒馆，草薙读书时还没有这家店。他们选了最靠里的位置落座。

"嫌疑人说她们去看电影是在案发当天，也就是本月十日，嫌疑人的女儿在十二日和同学聊天时说起了这件事。"汤川往杯里倒着啤酒，草薙接着说道，"我刚才去看电影就是为了事先做准备。"

"我明白你的解释。询问她同学的结果如何？"

"不好说。按那孩子的说法，好像没什么不自然的地方。"

那个同学叫上野实香。她的确在十二日听花冈美里说了母女俩一起去看电影的事。那部电影实香也看过，两人聊得热火朝天。

"在案发后两天，这确实很可疑。"汤川说。

"可不是吗？如果想和看过电影的人讨论，一般第二天就会聊起来吧？所以我想过，也许她们是在十一日那天看的。"

"有这个可能吗？"

"也不是完全不可能。嫌疑人工作到晚上六点，如果女儿练习完羽毛球马上回家，应该能赶上七点的电影。现在她们坚称十日那天就是这样去了电影院。"

"羽毛球？她女儿是羽毛球社的？"

"我第一次去的时候，看到她家里放着羽毛球拍，就马上猜到了。对，这一点我也很在意。你肯定也清楚，羽毛球是一项剧烈运动，就算是初中生，练习结束后也会累得够呛。"

"要是像你这样浑水摸鱼，就另当别论了。"汤川说着，往关东煮的魔芋上挤上芥末。

"别打岔！我是想说——"

"练习结束后疲惫不堪的初中女生，去看电影也就算了，还在KTV唱歌唱到深夜，这未免太不正常了——你是想说这个吧？"

草薙吃惊地望着好友。完全被他说中了。

"但也不能如此武断地说不正常，还是有体力好的女孩子。"

"话是这么说，可她很瘦，看着不像体力好的样子。"

"可能那天的练习强度本就不大，而且你不是已经和KTV的人确认过，她们十日晚上去过那里吗？"

"说的也是。"

"她们进KTV是几点？"

"晚上九点四十分。"

"你说过便当店的工作到六点结束，对吧？案发现场在筱崎，去掉来回的时间，还有两个小时左右可以用于作案。这么算下来，也不是不可能。"汤川抱起双臂，手上的一次性筷子都没放下。

草薙看着汤川，心想自己什么时候说过嫌疑人在便当店工作？

"我说,你怎么突然对这件案子感兴趣了?你会主动问起调查进展还真是少见。"

"不是感兴趣,只是有些好奇。牢不可破的不在场证明,我觉得有点意思。"

"与其说牢不可破,不如说很难确认,因此才棘手。"

"这个嫌疑人,按你们的话说是干干净净?"

"可能吧,只是现在还没有出现其他可疑人物。而且,在案发当晚正好去了电影院和KTV,你不觉得这一切太凑巧了吗?"

"我理解你的心情,不过还是需要理性判断。把注意力放到不在场证明以外的部分不好吗?"

"不用你提醒,那些实际的工作我当然在做。"草薙从搭在椅子上的大衣口袋里取出一张复印纸,在桌上展开。只见上面画着一个男人。

"这是什么?"

"这是模拟出的被害人的生前画像。几名刑警正拿着它在篠崎站周围走访。"

"对了,被害人的衣服并未被完全烧光。藏青色夹克、灰色毛衣和深色裤子……都是随处可见的打扮。"

"没错。好多人都说见过这种打扮的男人,我们听这话都快听烦了,走访的那帮人已经吃不消了。"

"也就是说,现阶段还没有有用的线索?"

"算是吧。只有一个目击信息,有个女白领曾见过相同打扮的奇怪男人,在车站附近闲逛。我们在车站里贴了这张画像,她看到后就报警了。"

"还是有人肯帮忙的。向她进一步询问情况了吗?"

"当然，还用你说。只可惜她见到的应该不是被害人。"

"你怎么知道？"

"目击地点是车站，但不是筱崎站，而是前一站瑞江站，而且长相也不一样。她看过被害人的照片后说，脸好像要更圆一些。"

"圆脸啊……"

"唉，反正我们的工作就是不断重复这样的无用功。和你们所在的那种理论说得通就能成立的世界，完全是两个概念。"草薙用筷子捞起煮烂的土豆，说道。汤川却对此毫无反应。草薙抬头看去，只见他双手轻轻交握，眼睛凝视着半空。

草薙非常清楚，这是这位物理学家正陷入沉思时的样子。

汤川的目光渐渐凝聚，落回草薙身上。

"听说尸体毁容了。"

"是的，指纹也烧没了，应该是为了隐藏身份。"

"用了什么工具？"

确定周围没有人偷听后，草薙探出身。"还没有找到，但凶手应该是准备了锤子之类的东西。我们推断凶手用工具连续敲击被害人面部，致使其面部骨骼碎裂。牙齿和下巴也已经不成样子，所以无法比对牙医的病历记录。"

"锤子啊……"汤川用筷子切开关东煮里的白萝卜，自言自语着。

"有什么问题吗？"草薙问。

汤川放下筷子，两肘搁到桌上。"如果便当店的女人是凶手，你觉得她当天的行动轨迹是怎样的？你不是认为她们去电影院是在说谎吗？"

"我可没断定是在说谎。"

"无所谓了，说说你的推理吧。"说着，汤川招了招手，另一只手拿起杯子，喝了口酒。

草薙皱起眉头，舔了一下嘴唇。"谈不上是推理，我是这么想的，便当店的——这么说太麻烦了，就称她为A子吧。A子结束工作离开店铺是在晚上六点之后，随后她用了大约十分钟走到浜町站，又用约二十分钟乘地铁到达篠崎站。假如她乘公交或出租车从车站赶到位于旧江户川附近的案发现场，应该七点就能到。"

"这期间被害人在做什么？"

"被害人也在前往案发现场，可能已经和A子约好了。不过，被害人是骑自行车从篠崎站过去的。"

"自行车？"

"没错。尸体旁边有一辆弃置的自行车，车身上的指纹与被害人的一致。"

"指纹？尸体的指纹不是被烧毁了吗？"

草薙点点头。"这是在查明了死者身份后才得到确认的。我的意思是，和我们从短租旅馆的房间里采集到的被害人指纹一致。我知道你想说什么，光靠这个只能证明租用短租旅馆房间的人用过自行车，但不能确认就是死者本人，对吧？很有可能是凶手租了房间，又用了那辆自行车，但我们还采集了掉落在房间内的毛发，的确与尸体完全吻合。顺便说一句，DNA鉴定也做过了。"

草薙语速飞快，汤川不由得露出苦笑。"我可没觉得警方会在确认身份这一环上出岔子。我更好奇的是用自行车这件事。被害人是把自行车停在了篠崎站吗？"

"这个……"草薙向汤川讲述了自行车失窃一事。

汤川金边眼镜后的双眼睁大了。

"这么说，被害人为了去现场，没有选择公交或出租车，而是特地在车站旁偷了一辆自行车？"

"应该就是这样。据我们调查，被害人目前失业，没什么钱，大概连公交车钱也舍不得掏吧。"

汤川难以释然地抱起胳膊，鼻子里长长地呼出一口气。"好吧，就当Ａ子和被害人在案发现场见面了。你接着往后说。"

"虽然约好了见面，但我认为Ａ子应该是藏在了某处，见被害人出现后，悄悄从背后靠近，用绳子套住被害人的脖子并用力勒紧。"

"等一下。"汤川伸出一只手，"被害人的身高是多少？"

"一米七多一点儿。"草薙按捺住想要咂舌的冲动，答道。他知道汤川想说什么。

"Ａ子呢？"

"一米六左右吧。"

"十厘米以上的差距啊。"汤川托着腮，微微一笑，"你知道我想说什么吧？"

"要勒死一个比自己高的人的确很困难。尸体脖子上的痕迹清楚地显示被害人是被向上拉拽着勒死的，但被害人可能是坐姿，也许他当时正跨坐在自行车上。"

"原来还能有这种强词夺理的解释。"

"这不是强词夺理！"草薙用拳头敲了一下桌面。

"然后？凶手脱下被害人的衣服，用带来的锤子将被害人毁容，烧掉指纹和衣物后逃离现场？"

"九点赶到锦糸町也不是不可能。"

"从时间上来讲可能，但是你的推理非常牵强。搜查本部的人该不会都认同你的想法吧？"

草薙撇了撇嘴，一口喝干啤酒。他向从身边走过的店员又要了一杯，重新面向汤川。"这对女人来说非常困难的意见占大多数。"

"我就说吧？再怎么趁其不备，男人一旦反抗起来，基本不可能将他勒死，而且被害人一定会反抗。对女人来说，处理尸体也很麻烦。很遗憾，我无法赞同草薙警官的见解。"

"我就知道你肯定会这么说。其实，我也不相信这个推理是正确的，只觉得算是众多可能性之一。"

"听你的口气，好像还有别的想法。既然都说到这里了，就别那么小气，发表一下你的其他假设吧。"

"我不是要摆架子。刚才都是基于发现尸体的地方即作案现场这一前提说的，但也有可能是在别的地方杀人后抛尸此地，姑且不论 A 子是不是凶手。现在搜查本部内持这种观点的人更多。"

"按照常理的确会认同这种观点。你却不这样认为，理由呢？"

"很简单。如果 A 子是凶手，这个说法就不成立，因为她没车。别说没车了，她都不会开车，因此无法搬运尸体。"

"原来如此，这一点确实无法忽略。"

"还有遗留在现场的自行车。如果这是凶手的障眼法，试图让人以为那里就是作案现场，那在自行车上留下指纹便毫无意义，因为尸体的指纹被烧毁了。"

"那辆自行车确实是个谜，从各种意义上来说。"汤川的五指像弹钢琴似的在桌子边缘敲击着。停下之后，他说道："不管怎么说，认为是男人作案更合理吧？"

"这正是搜查本部内的主流意见。不过，大家并不认为此案与 A 子完全无关。"

"你的意思是，A 子有男性同谋？"

"现在我们正在排查她身边的人。她原本从事陪酒工作，不可能与男性完全没关系。"

"你这话说的，全国女招待听了估计都会发火。"汤川坏笑着喝了口啤酒，随即恢复严肃的表情，"刚才那张图，能给我看看吗？"

"是这个吗？"草薙把画有被害人衣服的图递给汤川。

汤川边看边自言自语道："凶手为什么要脱下死者的衣服？"

"为了隐瞒死者的身份，跟毁掉面容和指纹一样。"

"如果是这样，直接把衣服拿走不就行了？正是因为衣服没烧干净，让你们画出了这张图。"

"可能太匆忙了。"

"钱包和驾照之类的东西也就算了，靠衣服和鞋子真能判明身份吗？脱掉死者的衣服，实在太冒险了。对凶手而言，应该只想尽快逃离现场吧。"

"你到底想说什么？难道脱掉死者的衣服还有其他理由？"

"我无法断言。但如果有，在弄清楚之前你们恐怕无法抓到凶手。"汤川说着，用手指在图上画了一个大大的问号。

二年级三班的数学期末考试成绩惨不忍睹。不光是三班，整个二年级的情况都不太好。石神觉得学生们的动脑能力一年比一年差了。

发完考卷后，石神公布了补考时间。学校给所有科目都设置了及格线，并规定学生不及格就不能升入下一个年级。其实这样的补考有好几次，因此留级的学生极少。

听到要补考，教室里顿时响起抱怨的声音。学生们向来如此，石神并不予理睬，然而这次却有人朝他说道："老师，有些大学的升学考试不考数学，对报考那类大学的人来说，数学成绩怎样都无所谓吧?"

石神循声望去,只见一个姓森冈的学生正挠着后颈,向周围的人寻求同意:"你们说是吧?"

石神不是班主任,但也知道森冈个子虽小,却是班里的老大。他偷偷骑摩托车上学,已经被学校警告过很多次。

"森冈,你是要报考这类大学吗?"石神问道。

"真要考的话,我肯定会去考这类大学。不过现在我不打算上大学,而且上三年级时也不会选数学,所以无所谓,数学成绩我不在乎。老师你也很头痛吧,整天面对我们这群笨蛋,那不如互相……怎么说呢,都用成熟一些的处理方式吧。"

所有人都笑了,仿佛"成熟一些的处理方式"是一个滑稽的说法。石神也跟着苦笑起来。"如果觉得我辛苦,这次补考就努力及格。考试只考微积分,很简单。"

森冈用力咂了一下舌,将伸到座位外的双腿跷成二郎腿。"微积分这种东西到底有什么用啊?完全就是浪费时间。"

石神本已转向黑板,准备讲解期末考试的题目,听到森冈的话又回过身来。他无法跳过这个问题。"我听说你喜欢摩托车,你看过摩托车比赛吗?"

听到这个突然而来的提问,森冈一脸困惑地点了点头。

"赛车手并非匀速驾驶,速度的快慢不光要根据地形和风向判断,还得考虑战术,不断调整。哪里不能加速,哪里需要加速,往往一瞬间的判断就决定了整场比赛的胜负,明白吗?"

"明白是明白,可这跟数学有什么关系?"

"速度的变化就是那一刻的速度的微分,进一步说,行驶的距离是将每一刻都在变化的速度积分后得到的。比赛时,每辆摩托车的总行驶距离相同,为了取胜,该如何对速度微分便成了关键。怎么样,你还想说微积分一点用也没有吗?"

也许是无法理解石神的话,森冈露出困惑的表情。"什么微分、积分的,赛车手才没想这些东西。他们是靠经验和感觉取胜的。"

"他们当然是这样,但在比赛背后支援的工作人员不是。针对在哪里如何加速才能取胜,他们会反复进行缜密的赛前模拟并制订战术,这时就要用到微积分。他们也许没意识到这一点,但使用的电脑软件,其原理就是微积分。"

"那只让做软件的人学数学不就好了吗?"

"话可能没错,但你无法保证将来不会成为那种人。"

森冈向后一仰身。"我怎么可能成为那种人。"

"即使不是森冈,也可能是在座的某位同学。为了这位同学,才设置了数学这门课。我把话说在前头,现在教给你们的,不过是将你们带到数学世界的入口。不知道入口在哪里,也就无法进入这个世界。当然,不喜欢的人不进去也可以。让大家考试,只是为了确认你们是不是至少知道入口在哪里。"石神说着环视整个教室。

为什么要学数学?每年都有学生问这个问题,石神每次都会说同样一番话。这次他知道对方喜欢摩托车,便用赛车举例。去年面对一个立志成为音乐家的学生,石神讲的是音响工程学中运用的数学知识。这种程度的事对石神来说算不上什么。

上完课,石神回到办公室,见桌上放了一张便条。上面写着一串手机号,还有一行潦草的字:一个姓汤川的人来过电话。这是另一位数学老师的笔迹。

汤川打来会是什么事?石神毫无由来地感到一阵不安。他拿起手机来到走廊,拨打了便条上的号码后,呼叫音才响一声,电话立刻被接通了。

"不好意思,百忙之中还来打扰你。"汤川一上来便说道。

"是有什么急事吗?"

"嗯,算是急事吧,一会儿能不能见个面?"

"一会儿……我还有些事必须处理,五点以后应该可以。"刚才上的是第六节课,现在在各个教室已经开起了班会。石神不是班主任,柔道馆的钥匙也可以交给其他老师保管。

"那好,五点我在学校正门等你,怎么样?"

"可以……你现在在哪里?"

"就在你学校旁边。好了,一会儿见。"

"好。"

挂断电话后,石神仍紧紧攥着手机。究竟是什么样的急事,要让汤川特地过来一趟?

石神批改完试卷,收拾好东西准备下班时,时针正好指向五点。他离开办公室,穿过操场朝正门走去。

正门前的人行横道旁,身穿黑色大衣的汤川正站在那里。看到石神后,他笑容满面地挥了挥手。

"特地把你叫出来,真是不好意思。"汤川笑着打了声招呼。

"怎么突然到这里来了?"石神表情平和地问道。

"嗯,边走边说吧。"汤川沿清洲桥路走去。

"不对,要走这边。"石神指着一条岔路,"沿这条路直走,离我家比较近。"

"我是想去那里,那家便当店。"汤川爽快地说。

"便当店……为什么?"石神感到自己表情僵硬。

"什么为什么,当然是为了买便当,这还用问?我接下来还得去其他地方，大概没时间好好吃饭了，才想提前买好晚饭。那家店的便当应该很好吃，不然你也不会每天早上都去买。"

"哦，是吗？我明白了，走吧。"石神也走向了那个方向。

两人并排朝清洲桥走去，一辆大卡车从他们身边驶过。

"前几天我见到草薙了。就是上次跟你提起的，去了你家的那个警察。"

汤川的话令石神紧张起来，心中不祥的预感越发强烈。"他怎么了？"

"没什么大事。每当工作陷入僵局，他就会立刻跑到我这里来诉苦，而且每次碰到的都是棘手的问题，很难处理。有一次，他还让我帮他破解什么灵异现象，真是麻烦。"

汤川随即谈起那件灵异的案子。案件确实耐人寻味，不过，他特地来找石神，应该不是为了讲这种故事。石神正想询问他的真正目的，弁天亭的招牌便映入眼帘。

想到要和汤川一起进店，石神有些不安，因为他无法预测靖子的反应。石神从未在这个时间来过便当店，更别说还带了个同伴，可能会让靖子胡思乱想。但愿靖子不要表现得不自然，石神暗自祈祷。

石神的这些心思自然无人知晓，只见汤川已经拉开弁天亭的玻璃门，走了进去。石神只得跟在后面。靖子正在招呼其他客人。

"欢迎光临。"靖子朝汤川殷勤地一笑，接着望向石神。她脸上顿时浮现出惊讶与困惑的表情，笑容还未彻底展露便僵住了。

"他怎么了？"汤川似乎注意到了靖子的神情，问道。

"啊，没什么。"靖子摇了摇头，仍勉强露出笑容，"他是我的邻居，总来我们这里买便当……"

"我听说了。他告诉我这家店之后,我就想着要来尝一次。"

"非常感谢。"靖子鞠躬致谢。

"我和他是大学同学。"汤川转过头看向石神,"前几天,我还去他家玩了。"

靖子"哦"了一声,点点头。

"他和您说过吗?"

"嗯,说过一些。"

"这样啊。对了,有什么推荐的便当吗?石神一直买哪种?"

"石神先生基本上都买标配便当,不过今天已经卖完了……"

"太遗憾了,那我选哪个好呢?每种看上去都很好吃。"

汤川挑选便当时,石神隔着玻璃门偷偷观察着外面的情况。他怀疑警察正在某处监视,绝不能让他们看到自己与靖子关系密切的样子。

石神转而将目光投向汤川的侧脸,在这之前,得先确认这个男人是否可以信任,是否不必对他保持警惕?毕竟他和那个姓草薙的警察是好友,他完全有可能将现在的情形透露给警方。

汤川终于选好了便当,靖子便去告知后厨。

这时,玻璃门开了,一个男人走了进来。石神下意识地朝他看去,不由得抿紧嘴唇。这个身穿黑褐色夹克的男人,正是前不久石神在公寓前看见的那个人。他乘出租车将靖子送回家,两人亲密交谈的样子,石神在伞下看得一清二楚。

男人似乎并没有注意到石神,正在等靖子从后厨出来。

没多久,靖子回来了。看到新进来的客人,她一脸诧异。

男人什么也没说,只是笑着轻轻点了点头,可能是想等碍事的顾客走后,再与靖子说话。

这个男人是谁？石神想，他从哪里冒出来的？又是什么时候和花冈靖子亲近起来的？

靖子从出租车上下来时的表情，石神至今都清楚地记得。那样艳丽的脸庞是他之前从未见过的。她露出的既不是一个母亲的表情，也不是便当店店员的表情，或许那才是她原本的样子。换言之，当时她所展露的，是一个女人的模样。

在这个男人面前，她展露出了绝不会让我看见的样子……

石神来回凝视着这个神秘男人和靖子，他感到两人间的气氛似乎正在涌动着。一种类似于焦虑的情绪在石神心中蔓延。

汤川的便当做好了。他接过来付好钱后，对石神说："久等了。"于是两人离开弁天亭，从清洲桥畔下到了隅田川的岸边，随后沿河岸散起步来。

"那个男人是怎么回事？"汤川问道。

"嗯？"

"就是后来进来的那个男人，我看你好像很在意。"

石神暗暗吃了一惊，同时又不得不佩服老朋友的慧眼。"是这样吗？我不认识那个人。"石神故作镇定。

"是吗？那就好。"汤川并未露出怀疑的表情。

"对了，你说的急事是什么？该不会就是买便当吧？"

"差点忘了，最重要的话还没说。"汤川皱了皱眉，"就像我刚才说的，那个姓草薙的家伙动不动就拿一些麻烦的事来找我商量。这次也一样，一知道你住在便当店那名女店员的隔壁，他立刻就过来了，还托我做一件会让人不愉快的事。"

"什么意思？"

"据说警方仍在怀疑她，但找不到任何能证明她行凶的证据，于是打算监视她，但警方的监视总有局限，所以他们想到了你。"

"难道是要我来监视她？"

汤川挠了挠头。"你说得没错。不过说是监视，也并非二十四小时盯着，只是希望你稍微留意一下隔壁的情况，如果有什么异样通报一声。总之是要你当间谍。真不知道该说这帮人脸皮太厚，还是他们实在没礼貌。"

"你是来拜托我的？"

"警方自然会正式向你请求协助，只是让我来提前试探一下你的意愿。我认为你可以拒绝，甚至觉得还是拒绝为好，但怎么说呢，我还是得卖个人情。"汤川似乎打心底里感到为难。

石神想，警察真的会请求普通民众做这种事吗？

"你特地去弁天亭，也和这个有关？"

"说实话，是的，我想亲眼看看这名嫌疑人，但我并不觉得她会杀人。"

石神本想说自己也这么想，话到嘴边又咽了回去，反而答道："谁知道呢，人不可貌相。"

"确实。那你打算怎么办？如果警察来找你，你会答应吗？"

石神摇了摇头。"说实话，我不想答应。窥探他人生活不适合我，我也没那个时间。别看我这样，其实还是很忙的。"

"是啊，那我如实转达给草薙吧，这件事到此为止。如果哪里让你觉得不舒服了，我向你道歉。"

"倒也没那么严重。"

两人走到新大桥附近，能看见流浪汉们的临时住所。

"我听说案发时间是三月十日。"汤川说，"据草薙说，那天你很早就回家了。"

"没什么别的地方可去。我记得和他们说过,那天我七点左右就到家了。"

"然后和平时一样,在家里和超级难题较劲?"

"差不多吧。"石神想,汤川是在确认他的不在场证明吗?如果是这样,便意味着汤川在怀疑他。

"对了,我好像还没问过你的兴趣爱好,除了数学,还有其他的吗?"

石神笑了一声,说:"我没有什么称得上爱好的东西,数学是我唯一的长处。"

"不做点别的转换心情吗?比如开车兜风之类的。"汤川做出单手掌控方向盘的姿势。

"想也没办法,我没车。"

"你有驾照吧?"

"有。很意外吗?"

"那倒不会,就算再忙,去驾校的时间还是有的。"

"决定不留在大学后,我马上去考了驾照,觉得可能对找工作有帮助,实际上毫无用处。"说完,石神看着汤川的侧脸,"你是想确认我会不会开车吗?"

汤川颇感意外地眨了眨眼。"不,为什么这么说?"

"我有这种感觉。"

"我没有别的意思,只是在想你也许会去兜兜风,而且我也想偶尔聊聊数学以外的话题。"

"是数学和命案以外的话题,对吧?"

石神本想嘲讽汤川,没想到汤川却哈哈笑起来。"嗯,你说得没错。"

两人走到新大桥下,看见一个白发男人把锅放到炉子上煮着什么。男人身旁放着一个一升装的酒瓶。还有几个流浪汉也出来了,站在外面。

"我就在这里告辞了,和你说了些不愉快的事,非常抱歉。"从新大桥旁的台阶走上去后,汤川说道。

"替我向草薙警官道歉,说我无法提供协助,对不起。"

"不用道歉。我能再来找你吗?"

"当然……"

"下次一起喝酒聊数学吧。"

"不是聊数学和命案吗?"

汤川耸耸肩,皱了皱鼻子。"也许是吧。对了,我想到一个新的数学问题,有空的时候你先想想怎么样?"

"什么问题?"

"制造一个解不开的难题和解开这个难题,究竟哪个更难?不过这个问题必须有解。怎么样,不觉得很有趣吗?"

"很有意思的问题。"石神凝视着汤川,"我会好好思考的。"

汤川点了点头,转身径直走向马路。

9

吃完沼虾时,葡萄酒的酒瓶正好空了。靖子饮尽杯中剩余的葡萄酒,轻轻舒了口气。她许久没吃过正宗的意大利菜了。

"再喝点什么吗?"工藤问道。他的眼睛下方已微微发红。

"我不用了,工藤先生再喝点吧。"

"我也不喝了,准备享受饭后甜点。"工藤眯起眼睛,拿餐巾纸擦了擦嘴角。

当女招待的时候,靖子和工藤吃过几次饭。不管是法国菜还是意大利菜,他从不会只喝一瓶葡萄酒。

"您现在不怎么喝酒了吗?"

工藤思索了一下后,点了点头。"是啊,比以前喝得少了,大概是上了年纪吧。"

"这样说不定更好呢,得好好保重身体才是。"

"谢谢。"工藤笑着说。

工藤白天给靖子打电话,约好了这次的晚餐。靖子有些犹豫,但还是答应了。犹豫的原因自然是案子的事让她放心不下。在自制力的驱使下,她告诉自己现在正是紧要关头,不是欣然赴宴的时候。况且,靖子对女儿深感歉意,因为面对警方的侦查,美里肯定比她更害怕。另外,无条件地帮助她们隐瞒罪行的石神也令她有所顾虑。

不过,越是非常时期,越应该表现如常。做女招待时照顾过自己的男人请客吃饭,除非有特殊理由拒绝对方,否则接受邀约才是表现如常。拒绝可能会显得不自然,况且一旦传入小代子等人的耳中,反而让他们起疑。

靖子明白这些理由其实不过是她勉强找的借口。她答应共进晚餐的最大且唯一的理由,是她想和工藤见面,仅此而已。如果问靖子对工藤是否抱有爱情的感觉,恐怕连她自己也说不清,毕竟在重逢之前靖子已经忘记了他。她只是对工藤有一些好感,这就是她的真实想法。

不可否认的是,从接受邀约的那一刻起,靖子变得快乐起来。这种喜不自禁的感觉无比接近与恋人约会时的心情,靖子甚至觉得体温都升高了一点儿。她随即怀着愉快的心情向小代子请了假,早早下班回家换了一身衣服。

这或许是因为靖子渴望从所处的窒息状态中脱身并忘记痛苦,哪怕只有短暂的一瞬间;又或许是因为被长期封印的、希望被当作女人对待的本能苏醒了。

无论出于哪种缘由,靖子都不后悔赴约。即便时间不长,负疚感在她脑海中挥之不去,她仍尝到了许久不曾有过的快乐。

"今晚你女儿的晚饭怎么解决?"工藤端着咖啡杯问道。

"我给她电话留言了,让她订点东西吃。她大概会吃比萨吧,那孩子喜欢。"

"嗯……感觉她有点可怜,毕竟我们吃得这么丰盛。"

"我倒觉得比起在这里吃饭,还是看着电视吃比萨更让她开心。她不喜欢这种严肃的场合。"

工藤皱着眉点点头,挠了挠鼻翼。"也许吧,而且还要和一个不认识的大叔一起吃,更没法享受美食了。下次我再稍微花点心思,回转寿司之类的可能比较好。"

"谢谢,不过您不必客气。"

"我不是客气,是想见见她,见见你的女儿。"说完,工藤喝着咖啡,认真地看向靖子。

工藤约靖子吃饭时,说过一定要让美里一起来。靖子能感觉出这是工藤的真心话,也为他表现出的诚意感到高兴,但靖子不能带美里来。美里的确不喜欢这样的场合,更重要的是,如非必要,靖子不想让美里接触外人。万一谈论的话题涉及案子,谁也不知道美里能否保持平静。还有一点,在工藤面前,靖子或许会变回曾经那个拥有女人味的自己,而她并不想让女儿看到。

"工藤先生呢?不和家里人一起吃饭不要紧吗?"

"我?"工藤放下咖啡杯,两肘撑在桌上,"就是为了说这件事,我才约你出来吃饭的。"

靖子歪头注视着工藤。

"老实说,现在我单身。"

"啊?"靖子惊呼一声,睁大了双眼。

"我老婆得了癌症,胰腺癌。虽然做了手术,还是为时已晚,去年夏天去世了。因为年轻,癌细胞扩散得很快,真是一眨眼的工夫。"

工藤语气平淡。或许因为这样,他的话在靖子听来毫无任何真实感。数秒间,靖子就这么恍惚地看着对方。

"这是……真的吗?"她好不容易才挤出这句话。

"我不会拿这种事开玩笑。"工藤笑了一下。

"是啊……我该说什么呢……"靖子低下头,舔了舔嘴唇,又抬起头来,"嗯……请节哀顺变。您吃了不少苦吧。"

"一言难尽。不过就像我刚才说的,只是一眨眼的工夫。她说腰痛便去了医院,然后医生突然叫我过去说明病情,接着就是住院、手术、护理……简直像被放到了传送带上。这么浑浑噩噩地过了一段时间,她就去世了。她知不知道自己得了什么病,这个问题也成了永远的谜。"工藤说完,喝了口玻璃杯里的水。

"您是什么时候知道她生了病的?"

工藤想了想说:"前年年末吧……"

"那时我还在玛丽安,工藤先生不是经常来我们店?"

工藤苦笑一声,耸了耸肩膀。"很不检点吧?老婆都不知道是生是死,老公居然还出去喝酒。"

靖子浑身僵硬,不知道该说些什么,脑海里浮现出工藤在店里时的爽朗笑容。

"如果要辩解,我会说是因为这件事使我身心俱疲,我才会去见你,试图得到一丝慰藉。"工藤挠着头,皱了皱鼻子。

靖子沉默不语。她回想起从玛丽安辞职时的情景。在那里上班的最后一天,工藤带了一束花给她。加油,一定要幸福啊——他是怀着怎样的心情说出这句话的呢?他分明背负着更大的痛苦,却只字不提,反而为靖子的新开始献上祝福。

"话题怎么沉闷起来了。"工藤拿出香烟,似乎想掩饰自己的难为情,"总之,我想说的是事已至此,你不用担心我的家庭。"

"您儿子呢?要考大学了吧?"

"他在我父母那里,离高中更近些,而且我连给那小子做夜宵都不会。我妈能照顾上孙子，好像还挺高兴的。"

"那您现在是一个人生活？"

"说是生活，其实就是回家睡个觉而已。"

"上次您怎么完全没提这些？"

"我觉得没必要，因为我是担心你才去见你的。不过像现在这样约你吃饭，你多半会在意我家里的情况，所以我想还是先说清楚比较好。"

"这样啊……"靖子垂下眼。她明白工藤的真实意图。他在暗示靖子，希望能与她正式交往，而且是以结婚为前提的交往。想和美里见面，应该也是出于这个理由。

离开餐厅后，工藤和上次一样，乘出租车将靖子送回了公寓。

"今天承蒙款待，非常感谢。"下车前，靖子低头道谢。

"改天还能约你吗？"

靖子迟疑片刻，微笑着说了声"好"。

"那么，晚安。请代我向你女儿问好。"

"晚安。"靖子回应着，心里却在想，今晚的事恐怕很难向美里开口——她在电话留言里说的是和小代子等人出去吃饭。

目送工藤乘出租车离去后，靖子回到家。美里正窝在被炉里看电视，桌上果然放着装比萨的空盒子。

"你回来啦。"美里抬头对靖子说。

"回来了。今天不好意思。"靖子无法直视女儿。和男人出去吃饭的事让她对女儿产生了一种近似内疚的情绪。

"来过电话吗？"美里问道。

"电话？"

"我是说隔壁的……石神先生。"美里压低了声音。她指的是每天的定时通话。

"我关机了。"

"哦……"美里一副无精打采的模样。

"怎么了吗?"

"那倒没有。"美里瞥了一眼墙上的时钟,"石神先生今晚进进出出了好几次,我从窗口看到他去了马路那边,猜他应该是去给你打电话了。"

"嗯……"

也许是吧,靖子想。和工藤一起吃饭的时候,她也惦记着石神。定时通话自然是原因之一,但更令她忧心的是,石神在弁天亭突然碰到了工藤,幸好工藤只当石神是普通顾客。

为什么石神偏偏在那个时候出现在店里,还和一个自称是他朋友的人一起过来?这在以前从未发生过。

石神一定记得工藤。之前乘出租车送靖子回家的男人,今天又出现在弁天亭,石神也许已经察觉出了什么。想到这里,靖子便开始为石神即将打来的电话感到忧虑。

靖子想着心事,将大衣挂到衣架上,这时玄关的门铃响了。靖子吓了一跳,与美里面面相觑。一瞬间,她以为是石神,但石神应该不会这样。

"来了。"靖子朝门口应了一声。

"这么晚来打扰您,非常抱歉。能否占用您一点儿时间?"是一个男人的声音,听上去有点陌生。

靖子没有取下防盗链,只将门打开了一道缝。外面站着一个男人,有些眼熟。他从外衣里掏出了警察手册。"我是警视厅的岸谷,之前和草薙一起来打扰过。"

"哦……"靖子想起来了。今天草薙似乎没来。

她关上门,朝美里使了个眼色。美里从被炉出来,默默地走进了里屋。见纸拉门合上了,靖子才取下防盗链,再次打开门。

"有什么事吗?"

靖子一问,岸谷便低下头表示歉意,说:"不好意思,还是为了电影的事……"

靖子不禁皱起眉头。石神交代过警察会对她们去电影院一事刨根问底,没想到正如他所说。"还有什么问题?该说的我都已经说了。"

"您说的我们已经非常清楚了,今天来是想向您借一下票根。"

"票根?电影院的票吗?"

"是的。我记得上次草薙和您说过,请您妥善保管。"

"请稍等。"

靖子拉开了橱柜的抽屉。之前拿给警察看时,票根是夹在电影宣传册里的,不过后来她就收到抽屉里了。靖子把她和美里的两张电影票票根递给了岸谷。

"谢谢。"岸谷戴着白手套,接过票根。

"你们还是最怀疑我吗?"靖子鼓起勇气问道。

"没有的事。"岸谷在面前摆了摆手,"目前无法锁定嫌疑人,大家都很苦恼,只能把没有嫌疑的人先一一排除,借票根也是这个目的。"

"从票根上能知道什么呢?"

"这个还不好说,或许可以作为参考。如果能证明你们当天去过电影院,就最好不过了。您后来有想起什么吗?"

"没有,想起来的上次都说过了。"

"是吗？"岸谷瞥向室内，"天气还是这么冷。您家每年都用被炉吗？"

"是的……"靖子回头看去，不想让岸谷察觉到她的不安。对方突然问起被炉一定不是出于偶然。

"这个被炉是什么时候开始用的？"

"已经有四五年了，怎么了？"

"没什么。"岸谷摇了摇头，"对了，您今天下班后去了什么地方？好像回来得很晚。"

听到这个意想不到的问题，靖子有些惊慌。她意识到警察似乎一直在公寓前等候，也就是说，他们可能看到了自己从出租车上下来。

现在不能说拙劣的谎言，靖子想。"我和朋友去吃饭了。"她竭力避免说多余的话，尽量简短交代，但这个答案并未让警察相信。

"是送您回来的那位男士吗？他和您是什么关系呢？方便的话，希望您能告诉我。"岸谷带着一脸歉意说道。

"连这个也必须说吗？"

"如果可以的话。我知道问这些很失礼，但要是什么都不问就回去，上司肯定会批评我。我们绝不会打扰对方，所以能请您告知一二吗？"

靖子重重地叹了口气。"他姓工藤，是我之前工作的那家店的常客。他担心我因为这次的案子受到打击，所以过来看看我。"

"这位先生从事什么工作？"

"听他说正在经营一家印刷公司，但我不知道具体情况。"

"您有他的联系方式吗？"岸谷的问题让靖子再次皱起眉头。见此情景，岸谷连连鞠躬。"除非有特殊情况，否则我们不会联系他，就算必须联系,也会多加注意,不冒犯对方。"

靖子毫不掩饰心中的不悦,一声不吭地拿起手机,语速飞快地报出了工藤的电话号码。岸谷慌忙记了下来。

随后,岸谷仍一脸惶恐地追问起工藤的情况,靖子不得不说出了工藤第一次去弁天亭那天的事。

岸谷一走,靖子立刻锁上房门,瘫坐在地。她只觉得心力交瘁。

纸拉门被拉开的声音传来,美里从里屋出来了。

"他们好像还在怀疑看电影的事。"美里说,"一切都和石神先生预料的分毫不差。那个老师实在太厉害了。"

"是啊。"靖子站起身,拨着刘海走进了屋子。

"妈妈,你不是和弁天亭的人去吃饭吧?"

听到美里这么问,靖子心里一惊,抬起头来,看见女儿露出了责备似的表情。

"你听到了?"

"那还用说。"

"哦……"靖子低着头,双腿伸进被炉。她想起警察刚才提到了被炉。

"都这种时候了,还和那个人一起去吃饭?"

"我没法拒绝啊。人家以前那么照顾我,况且他是担心我们才来探望的。瞒着你是我不对。"

"我是无所谓……"

这时,隔壁传来了开门关门的动静。紧接着,能听到脚步声朝楼梯的方向而去。靖子和女儿对视了一眼。

"手机要开机。"美里说。

"已经开了。"靖子答道。

几分钟后,手机响了。

石神还是用那个公用电话。这是他今晚打的第三次,前两次打靖子的手机都没能接通。以前从未发生过这样的事,他担心是不是出了什么意外,不过听靖子的语气,似乎并无异常。

晚上,石神听到了花冈母女家的门铃声,果然是警察,据靖子说是来借电影票的票根的。石神明白他们的目的是想拿去和电影院保存的另外半张票做比对。只要找到切口一致的那半张票,警方必定会调查上面的指纹。如果查出有靖子母女的,哪怕无法证明她们看过电影,至少可以说明她们进过电影院,否则,两人的嫌疑将更大。

靖子还说警察询问了许多关于被炉使用情况的问题,这一点也在石神的预料之中。

"他们大概已经锁定凶器了。"石神说。

"凶器是指……"

"被炉的电源线,你们用的是那个吧?"

电话另一头的靖子陷入沉默,大概是想起了勒死富樫时的情景。

"既然是勒死的,脖子上肯定会留下凶器的痕迹。"现在不是委婉的时候,石神继续说明,"警方的科学侦查手段越来越先进,作案用的是什么凶器,基本都能根据痕迹来断定。"

"所以那个警察才会问到被炉……"

"这符合我的推理,不用担心,我早有准备。"

石神料到警方能锁定凶器,因此已经把花冈家的被炉和自家的调换了。靖子母女的被炉如今正收在他房间的壁橱里。更为幸运的是,两个被炉的电源线样式不同。如果警察观察过,马上便能注意到这一点。

"他还问了些什么？"

"其他的……"靖子说到这里，不再吭声。

"喂，花冈小姐？"

"我在听。"

"你怎么了？"

"没事，我只是在回想警察还问了什么，大概就这些了。他的意思好像是只要能证明我们去过电影院，就可以洗清嫌疑。"

"他们一定会抓着电影院这条线不放，这是当然，我就是算好了要将他们引导到这上面来，然后制订了计划。没什么好担心的。"

"听石神先生这么说，我就放心了。"

靖子的话仿佛在石神的内心深处点燃了一盏明灯。他感到连日来沉积在心中的压力，在这一瞬间全都得到了舒缓。或许是因为如此，他突然想问一问那个人的事。"那个人"自然是指他和汤川在弁天亭里遇见的男顾客。今晚也是那人送靖子回来，石神在窗前看到了。

"今天的情况就是这样，石神先生，您有什么要交代的吗？"意识到石神似乎一直没说话，靖子主动问道。

"我没什么要说的。你们还是和以前一样正常生活就好。短时间内警察恐怕还会再来，记住不要惊慌。"

"好，我记住了。"

"代我向你女儿问好。晚安。"

靖子道过晚安后，石神放下听筒。电话卡从电话机里退了出来。

听完草薙的汇报，间宫明显非常失望。他揉着肩膀，在椅子上前后摇晃。"也就是说，这个姓工藤的男人和花冈靖子重逢是在案发后？你确定没错吗？"

"按照经营便当店的那对夫妻的说法，应该是这样没错。我不认为他们会撒谎。据说工藤第一次到店里时，靖子和他们一样吃惊，当然也不排除她是在演戏。"

"她毕竟做过陪酒的工作，演戏对她来说还不是小菜一碟。"间宫抬头看着草薙，"再去查查这个姓工藤的男人。他在案发后突然出现，未免也太巧了。"

"但据花冈靖子说，工藤是得知了案子才来找她的，并不算是突然出现。"草薙身边的岸谷小心翼翼地插话道，"如果他们两个是同谋，在这种情况下，应该不会见面，还一起吃饭吧？"

"说不定这是一种大胆的障眼法。"

草薙的意见令岸谷皱了皱眉。"可是……"

"要不直接去问问工藤？"草薙向间宫问道。

"也好。如果他牵涉其中，没准会露出什么马脚。你去找他问问吧。"

草薙说了声"我知道了"，便和岸谷一起离开了。

"你可不能说些自以为是的想法，凶手往往会利用这一点。"草薙对后辈刑警说道。

"什么意思？"

"工藤和花冈靖子从以前就关系匪浅，可能一直在掩人耳目私下来往。在杀死富樫的这件事上，他们也许正是利用了这一点。谁也不知道他们的关系，作为同谋岂不是最理想不过？"

"如果是这样，他们现在也应该继续隐瞒关系才对吧？"

"不一定。男女关系迟早会曝光，他们可能想反正瞒不住，不如趁这个机会假装重逢。"

岸谷点点头,仍是一副难以释然的样子。

出了江户川警察局,草薙和岸谷坐进车里。

"据鉴定科的人说,凶器很有可能是电源线,正式名称是套状硅橡胶编织高温线。"岸谷说着,系好了安全带。

"就是电热产品常用的那种吧,比如被炉之类的。"

"电线外面裹了一层编织线,勒痕上留下了那种线纹路的印子。"

"然后呢?"

"我见过花冈女士家的被炉,不是刚才说的那种,而是圆形硅橡胶编织高温线,最外层是橡胶。"

"嗯,所以?"

"没有了,就这些。"

"除了被炉,电热产品的种类还有很多,而且凶器未必是身边的日用品,也可能是在哪里随手捡的一根电线。"

"哦……"岸谷失落地答道。

昨天草薙和岸谷一直在监视花冈靖子,主要是为了确认她身边是否有可能成为帮凶的人。看到靖子下班后和一个男人坐上出租车时,草薙和岸谷带着某种预感跟了上去,等那两人进入位于汐留的餐厅后,继续耐心等他们出来。

两人吃完饭,再次坐上出租车,回到靖子居住的公寓,但那个男人并没有下车。草薙让岸谷去向靖子问话,自己则去追出租车。对方似乎并未察觉自己被跟踪了。

那个男人住在大崎的一栋公寓里。草薙已经确认他叫工藤邦明。

其实草薙想过,单凭一个女人很难单独作案。如果花冈靖子与本案脱不了干系,那么一定有男性协助她作案,或许那个人才是主犯。

难道工藤就是同谋？别看草薙刚才头头是道地驳斥岸谷，他其实并不相信这个推论。草薙隐隐有种感觉，他们正走向完全错误的方向，而让草薙牵挂的却是另一件完全不同的事。昨天，他在弁天亭旁边监视时，看到了意料之外的身影——

汤川学和住在花冈靖子隔壁的数学老师一起出现了。

10

刚过下午六点，一辆绿色的奔驰驶入公寓的地下停车场。那是工藤邦明的车，白天草薙去他公司时确认过。一直在公寓对面的咖啡馆里监视的草薙迅速站起身来，放下两杯咖啡钱就向外走。第二杯咖啡他只抿了一口。

草薙奔跑着穿过马路，冲进地下停车场。公寓的一楼和地下各有入口，都安装着门禁系统。使用停车场的人肯定会走地下的入口。草薙希望能在工藤进楼前截住他，因为如果通过对讲机自报姓名后再登门，会给对方留下充足的思考时间。

幸运的是，草薙提前抵达了入口。他正用手撑着墙调整呼吸，一身西装的工藤就挟着公文包出现了。工藤拿出钥匙准备开门时，草薙从身后搭话道："您是工藤先生吧？"

工藤挺直脊背，像是吓了一跳。他收回正要插入锁孔的钥匙，回头看向草薙，渐渐露出怀疑的神色。"我是。"他的视线迅速扫过草薙全身。

草薙用外套挡着，稍稍出示了一下警察手册。"突然打扰，非常抱歉。我是警察,能否请您配合一下?"

"警察……是刑警吗?"工藤压低声音,露出窥探似的目光。

草薙点了点头。"没错。想向您请教一些关于花冈靖子女士的事。"草薙暗暗观察着工藤听到靖子这个名字时,会作何反应。如果他表现出意外的样子,反倒更为可疑,因为他应该早就知道命案的事。

只见他皱了皱眉,随即好像明白了什么似的,收了收下巴。"我知道了。先进来吧,还是去咖啡馆或别的地方比较好?"

"方便的话,就在家里吧。"

"可以,但我家很乱。"工藤说着,重新把钥匙插进锁孔。

工藤家与其说是凌乱,不如说是冷清。或许是因为收纳柜整齐地排放着,屋里几乎没有多余的物件,连沙发也仅有双人和单人的各一张。工藤请草薙在双人沙发上落座。

"喝点茶什么的吗?"工藤没有脱下西装,直接问道。

"不用客气,我问完就走。"

"哦。"工藤这么说着,还是走进厨房,拿了两个玻璃杯和一桶瓶装乌龙茶回来。

"恕我冒昧,请问您的家人呢?"草薙问道。

"内人去年过世了。我还有一个儿子,因为一些原因,现在在老家由父母照顾。"工藤语气平淡地答道。

"这样啊。您现在是一个人生活?"

"是的。"工藤神情逐渐放松。他往玻璃杯里倒入乌龙茶,又把其中一杯放到草薙面前。"你来找我是为了……富樫先生的事吗?"

草薙刚想拿玻璃杯,闻言便收回手。既然对方先开了头,就没必要浪费时间了。"对,是关于花冈靖子女士的前夫遇害一案。"

"这件事与她无关。"

"是吗？"

"他们已经离婚了,也不再有任何联系,靖子根本没有理由杀他。"

"我们基本上也这么认为,只不过……"

"你想说什么？"

"这世上有各种各样的夫妻,很多事不是靠这种表面形式上的定论就能解决的。分手的第二天起就没关系了,以后互不干涉,形同陌路,这样想的话,就不会出现跟踪狂了。然而现实并非如此,一方想断绝关系,另一方却怎么也不肯放手,这种事屡见不鲜,就算是离婚了也一样。"

"靖子说她一直没再见过富樫先生。"工藤的眼中渐渐显露敌意。

"您和花冈女士谈过这件案子吗？"

"谈过。我就是担心她才去找她的。"

与花冈靖子的供述一致,草薙想。"换言之,您相当关心花冈女士,而且早在案发前就是如此,对吗？"

工藤皱起眉头,似乎有些不快。"我不太理解你说的'关心'是什么意思。你都来找我了,自然知道我和她的关系。我是她以前工作过的夜总会的常客,偶然见过一次她丈夫,也是当时得知他姓富樫。案子发生后,我看到富樫先生的肖像被公布出来,因为担心就去看了看她的情况。"

"仅仅因为您是常客,就做到这个地步吗？工藤先生是公司社长吧？不应该每天都很忙吗？"草薙故意语带讥讽地说道。职业所迫,他常这样说话,但他并不喜欢这种说话方式。

草薙这个方法似乎有效,工藤明显被激怒了。"你不是来问靖子的事吗？怎么一直在问我的私事,你是在怀疑我？"

草薙笑着在面前摆了摆手。"不是这样。如果惹您不高兴了，我道歉。只是看您现在和花冈女士关系亲密，我才想顺便问一问您的情况。"

草薙说得滴水不漏，但工藤仍对他怒目而视。随后，工藤用力深呼吸，点了一下头说："我知道了。被人这样反复刺探，实在不舒服，我就明说了吧。我确实对她有意，男女间的那种爱慕之意，所以我一听说案子的事，便觉得这是接近她的好机会，立刻去找她了。怎么样，这么说你满意吗？"

草薙苦笑起来。他既不是在演戏，也没有用任何专业技巧。"哎，您先别生气。"

"你不是就想听这个吗？"

"我们只想厘清花冈靖子女士的人际关系。"

"我不明白警方为什么要怀疑她……"工藤歪起头以示不解。

"富樫先生遇害前，曾四处打听她的下落。也就是说，他死前很可能见过花冈女士。"草薙认为将这件事告诉工藤也无妨。

"所以你们就觉得是她杀了富樫先生？警察的想法总是这么简单。"工藤冷笑一声，耸了耸肩。

"不好意思，是我们办事不力。警方并非只怀疑花冈女士，只是现阶段还不能完全排除她的嫌疑。就算她是无辜的，她身边也可能藏着关键人物。"

"她身边？"工藤皱了皱眉，随后恍然大悟般点点头，"哦……原来是这样吗？"

"什么？"

"你认为是她请求某个人帮她杀了前夫，所以才到我这里来。我是头号嫌疑人吗？"

"我们并没有这样断定……"草薙说到最后故意含糊其辞。他想听一听工藤的想法。

"既然如此,不光是我这里,还有很多人都应该问问。她那么漂亮,对她着迷的客人有很多。我听米泽夫妇说,现在还有顾客为了见她才去买便当。和这些人都见面聊聊,怎么样?"

"只要知道姓名和联系方式,我自然会去拜访。您认识这样的人吗?"

"我不认识,而且很遗憾,我不喜欢说三道四。"工藤比了个拒绝的手势,"就算你问过了所有人,恐怕也是白费力气。她不会请求别人替她杀人,她没这么狠毒,也没这么愚蠢。再说,我还不至于傻到因为喜欢的人央求,就替她去杀人的地步。你是姓草薙吧?辛苦草薙先生特地跑一趟,很可惜,你不会有任何收获了。"工藤一口气说完,站起身,似乎在暗示草薙快点回去。

草薙站了起来,仍保持着准备记录的样子。"三月十日那天,您和往常一样去公司了吗?"

工藤似乎感到有些猝不及防,顿时睁大了眼睛,目光随即阴沉下来。"现在是要查不在场证明吗?"

"嗯,是的。"草薙认为没有必要掩饰,反正工藤已经生气了。

"请等一下。"工藤从公文包里取出一个厚厚的记事本,快速地翻了几页,"日程表上什么也没写,多半是和平常一样,下午六点左右离开了公司。不相信的话,可以去问问我公司的人。"

"离开公司之后呢?"

"我说了,日程表上什么也没写,应该是和平时一样回到这里,随便吃了点东西后就睡了吧。我一个人住,没人能替我作证。"

"能否请您再仔细回忆一下?我们也希望嫌疑人越少越好。"

工藤明显露出了厌烦的表情，再次看向记事本。"啊，十日吗？也就是那天……"他自言自语道。

"怎么了？"

"那天我去拜访客户了，傍晚去的……对了，客户还请我吃了烧鸟。"

"您记得是几点吗？"

"准确的时间记不清了，应该是喝酒喝到了晚上九点左右，然后我就直接回家了。对，就是他。"工藤从记事本里拿出一张名片，对方似乎是一家设计事务所的人。

"这就可以了，再次感谢。"草薙行了一礼，走向玄关。

他正穿鞋时，工藤突然叫住了他："警察先生，你们打算监视她到什么时候？"

草薙默默回过头看着对方。工藤仍是满脸敌意，继续说道："你们一直在监视她，所以才看到我和她在一起，对吧？你们恐怕也跟踪了我。"

草薙挠了挠头。"真是败给您了。"

"请告诉我，你们打算对她紧追不舍到什么时候？"

草薙叹了口气，收起勉强露出的笑容，注视着工藤说道："当然是到不再有必要为止。"

工藤似乎还有话要说，草薙却已转过身，说了声"打扰了"，打开了大门。离开公寓后，他拦下一辆出租车。"去帝都大学。"

待司机应声出发后，草薙翻开笔记本。他看着草草写下的记录，回想与工藤的对话。有必要确认工藤的不在场证明，但草薙已经有了结论：那个男人是清白的，他说的都是真话，而且他真心爱着花冈靖子。如他所言，愿意协助花冈靖子的很可能另有其人。

帝都大学的正门已经关了。到处都有路灯，四周并非一片漆黑，但夜晚中的大学似乎笼罩着一股令人毛骨悚然的气氛。草薙从小门进入校园，在门卫室表明来意后走了进去。他向门卫说的理由是"与物理系第十三研究室的汤川副教授有约"，但其实他并未与汤川约好。

校舍内的走廊静悄悄的，从几处门缝里漏出的灯光可以看出，这里并不是空无一人。想必有些研究员或学生正默默埋头于研究之中。草薙想起汤川曾提过，他常留在学校过夜。

来见汤川是草薙拜访工藤前就决定的。一方面是顺路，但更重要的是他想确认一些事。

汤川为什么会出现在弁天亭？他和那个当数学老师的大学同学一起出现，是否意味着那人与案子有关？如果他察觉到什么线索，为什么不告诉自己？难道他只是在和那名数学老师叙旧的途中，顺道去了趟弁天亭，其实这一举动并无特殊含义？

案子尚未侦破，汤川这时专程前往嫌疑人工作的店里，令草薙无法相信他不抱任何目的。一直以来，汤川的态度都是极力避免与草薙负责的案子有所牵连，除非情况特殊。不是怕卷入麻烦，而是因为他尊重草薙。

第十三研究室的门上挂着一块去向告知板，上面除了汤川的名字，还并排写有选修了课程的本科生和研究生的名字。根据这块板子所示，汤川此刻不在研究室里。草薙咂了一下舌，猜测汤川可能是办完事后直接回家了。

他还是试着敲了敲门。由去向告知板可知，应该有两名研究生在里面。

"请进。"草薙听见一个粗嗓门的人回应，便开门走进去。这个研究室他已经非常熟悉。一个身穿运动服、戴着眼镜的年轻人从里面走了出来。他是一名研究生,草薙曾见过他几次。

"汤川已经回去了吧?"

听到草薙这么问,那名研究生略带歉意地说道:"嗯,刚刚才走,不过我知道老师的手机号。"

"没关系,我也知道。我找他没什么要紧事,只是刚好到了附近,顺便来看看。"

"这样啊。"研究生的表情放松下来。他肯定从汤川那里得知,这个姓草薙的警察时不时就会来这里偷懒。

"按汤川那家伙的个性,我还以为他一定会在研究室待到很晚。"

"原来确实是这样,但这几天老师走得都比较早。尤其是今天,他好像说要去什么地方。"

"去哪里?"草薙问道。难道又去见那位数学老师了?

这时,研究生说出一个令草薙意想不到的地方。"具体地点不清楚,但应该是篠崎那边。"

"篠崎?"

"对。老师问过我,怎么去篠崎站最快。"

"他没说去干什么吧?"

"嗯,我问老师去篠崎有什么事,他只说是过去看看……"

"哦……"草薙向研究生道谢后,离开了研究室。一种难以释然的情绪在他心底扩散开来。汤川去篠崎站干什么?那是离案发现场最近的车站。

走出大学后,草薙掏出手机,刚准备拨打汤川的号码,却立刻停了下来。草薙断定现阶段质问对方绝非上策:既然汤川完全不和自己商量就介入了这件案子,一定有他的考虑。

不过……草薙转念又想,按照自己的方式去调查自己在意的事,应该也无妨。

补考的试卷批改到一半，石神叹了口气。考得实在太糟糕了。补考本就是为了让学生能及格，石神自觉考题比期末考试时的简单，却仍没有看到什么像样的答案。这些学生已经发现无论分数多低，校方最终都会让他们升入下一年级，因此从一开始就没有认真准备。事实的确如此，根本不会有留级的情况，即使不及格，校方也会编造出一些歪理，让所有学生顺利升级。

既然如此，不如一开始就别把数学成绩纳入升级条件，石神想。在他看来，真正能理解数学的只有极少一部分人，像高中数学这种低层次的知识，所有人都掌握也没有任何意义。只要告诉大家，这世上有一门很难理解的学问叫数学就够了。

石神批改完卷子，看了一眼表，已经晚上八点了。

检查完柔道馆的门窗，石神往正门走去。出了正门，在人行横道前等绿灯时，一个男人向他走来。

"您现在是要回家吗？"男人露出殷勤的笑容，"您不在公寓，我想没准能在这里碰到您。"

此人看着眼熟，是警视厅的刑警。

"你是……"

"您可能已经忘了，我是……"

对方正要把手伸进外套，石神拦住了他，点头道："你是草薙先生吧？我记得。"

这时绿灯亮了，石神迈开脚步。草薙紧随其后。

这个刑警为什么会出现在这里？石神边走边思索起来。难道与两天前汤川来过有关？汤川当时提起警方希望他能协助侦查，但他应该已经拒绝了。

"您认识汤川学吧？"草薙先问道。

"认识。他说听你提起我，便来找我见了一面。"

"嗯，我得知老师您毕业于帝都大学理学院，聊天时顺口告诉了他，希望没给您添麻烦。"

"没有，我也很想见他。"

"您和他都聊了些什么？"

"主要还是从前那些事。第一次见面基本上就只聊了这些。"

"第一次？"草薙略显惊讶，"你们见过好几次吗？"

"见过两次。第二次他说是受你委托来的。"

"受我委托？"草薙目光游移，"他是怎么说的？"

"他说你拜托他来试探一下，看能否请求我协助你们侦查。"

"哦，协助侦查……"草薙边走边挠额头。

石神的直觉告诉他，这件事有点奇怪。这个刑警看起来一脸困惑，似乎对汤川的说法并不知情。

草薙露出苦笑。"我和他说过很多，所以具体是哪件事，我一时也记不清了。他说请您怎样协助侦查？"

石神思索着该如何回答这个问题，犹豫是否要提起花冈靖子。不过，现在装糊涂也无济于事，想必草薙还会去问汤川。

"监视花冈靖子。"石神说道。

草薙睁大了眼睛。"啊……是这样，原来如此。对，我确实和他说过能不能请石神先生帮忙之类的话，他应该是立刻就来找您了。原来如此，我明白了。"

在石神听来，这个刑警的话不过是匆忙间的掩饰之辞。看来是汤川擅自来找他说了那番话。汤川的目的究竟是什么？

石神停下脚步，转身面向草薙。"你今天特意来找我，就是为了问这个吗？"

"不，抱歉，刚才只是开场白，我找您另有要事。"草薙从上衣口袋里掏出几张照片，"您见过这个人吗？是我偷拍的，照片不太清晰。"

石神看到照片，瞬间屏住了呼吸。照片拍的正是他现在最在意的人。他不清楚对方的名字和身份，只知道此人与靖子关系亲密。

"怎么样？"草薙再次问道。

该如何回答？石神想，其实说一句不知道就没事了，但也意味着无法打探到关于这个男人的消息。

"我好像见过他。"石神谨慎地答道，"他是谁？"

"您能否再仔细回忆一下，大概是在哪里见到的？"

"你这么说，我也想不起来，因为我每天都会见到很多人。如果能告诉我他的名字或职业，我可能更容易回想。"

"他姓工藤，目前经营着一家印刷公司。"

"工藤先生？"

"对。工厂的工，加个藤字。"

原来他姓工藤……石神注视着照片。警察为什么要调查他？想必与花冈靖子有关。看来，眼前这个刑警认为花冈靖子和工藤有特殊关系。

"怎么样？您想起什么了吗？"

"嗯……好像是见过……"石神歪着头说，"不好意思，我还是想不起来，可能是认错人了。"

"是吗？"草薙难掩遗憾的表情，将照片收入怀里，又递出了一张名片，"如果您想起什么，麻烦联系我，好吗？"

"我知道了。请问,这个人和案子有什么关系?"

"目前还不知道,我们正在调查。"

"他和花冈小姐有关系吗?"

"算是吧。"草薙语意不详,明显是不想走漏消息,"对了,您和汤川一起去过弁天亭吧?"

石神再次看向刑警。这个问题出乎意料,他一时不知如何回答。

"我前天偶然看到的。当时我在执行任务,就没和你们打招呼。"

石神猜测草薙当时是在监视弁天亭。"汤川说想买便当,我就带他去了。"

"为什么去弁天亭?附近的便利店不是也卖便当吗?"

"谁知道呢……你去问他吧,我只是应他要求带他去那里。"

"关于花冈女士和案子,汤川说过什么吗?"

"我说了,他来试探我能不能协助侦查……"

草薙摇摇头。"我是指除了这件事。您可能已经听说,他常常给我的工作提供有效建议。在物理学方面他是天才,其实他的查案能力也相当出色,因此我很期待他是不是像之前一样,说了些自己的推理。"

草薙的问题令石神略感无措。如果汤川和这个刑警经常见面,他们应该会交换信息,那草薙为什么还要问这些?

"他没说什么。"对石神而言,只能这样回答。

"我明白了。您辛苦了一天,还前来打扰,非常抱歉。"

草薙低头致歉后,便原路返回了。石神望着对方的背影,感到自己被一种难以言喻的不安包围,就像他坚信绝对完美的算式,此刻正因预想外的未知数而渐渐混乱。

11

刚走出都营新宿线的篠崎站，草薙掏出手机，在通讯录里找出汤川学的号码，拨了过去。他把手机放到耳边，环视四周。现在是下午三点，在这个不早不晚的时段，人倒是不少。超市前依然成排停放着自行车。

电话很快就通了，但还没等呼叫音响起，草薙便挂断电话，因为他的视线已经捕捉到了要找的人。

汤川正坐在书店前的护栏上吃冰淇淋。他身穿黑色上衣和白色长裤，戴着小框墨镜。草薙穿过马路，走近汤川身后。汤川似乎在专注地盯着超市周围。

"伽利略老师——"草薙本想吓唬汤川，没想到他的反应迟钝得令人意外。

汤川舔着冰淇淋，像电影慢镜头似的，缓缓回过头来。"你的鼻子果然很灵。难怪有人挖苦说刑警像狗，现在我算是明白了。"他说话时，神色几乎没变。

"你到这种地方来干什么？我可不想听到'在吃冰淇淋'这种

答案。"

汤川苦笑起来。"我倒是想问问你在这里干什么,不过答案显而易见,你是来找我的。不对,应该说你是来打探我在干什么。"

"既然你都清楚,那就如实回答,你在干什么?"

"在等你。"

"等我?别开玩笑了。"

"我可是非常认真的。刚才我往研究室打电话,有个研究生说你去过。昨晚你也找过我吧?所以我猜只要在这里等着,你肯定会出现,因为你应该从学生那里听说我来了篠崎。"

一切正如汤川所言。草薙今天再次前往帝都大学的研究室,得知汤川和昨天一样外出了。根据昨晚那个研究生说的,草薙推测汤川多半是去了篠崎。

"我是在问你,你为什么要来这里?"草薙稍稍提高了音量。他自认已经习惯这位物理学家拐弯抹角的说话方式,但还是抑制不住焦躁的情绪。

"别这么着急。喝点咖啡怎么样?虽然是自动售货机里的咖啡,也应该比我们研究室的速溶咖啡好喝。"汤川站起身,把冰淇淋的蛋筒扔进附近的垃圾桶,然后从超市前的自动售货机里买了罐装咖啡,跨坐到旁边的自行车上,开始喝起来。

草薙站着打开了罐装咖啡,环视周围。"别随随便便坐别人的自行车。"

"不用担心,这辆车的主人一时半会儿回不来。"

"你怎么知道?"

"车主把车停在这里后,便进了地铁站。就算只是去下一站,办完事回来也得花三十分钟左右。"

草薙喝了口咖啡，露出厌倦的表情。"你吃着冰淇淋，还看着这种事？"

"观察人性是我的嗜好，相当有趣。"

"自吹自擂就免了，快和我解释解释，你为什么来这里？'和那件案子无关'之类的谎话就不要说了，一听就是假的。"

汤川闻言转过身，看向身下这辆自行车的后轮挡泥板处。"最近在自行车上写名字的人越来越少了，大概是担心身份暴露会有危险吧。以前几乎每个人都会写，不过时代变了，习惯也跟着变了。"

"你好像很在意自行车。我记得你以前也说过这样的话。"从汤川刚才的举动中，草薙逐渐明白他在意什么了。

汤川点点头。"你曾提到现场那辆被弃置的自行车，说不太可能是凶手的障眼法。"

"我是说，用它做障眼法没有意义。既然特地把被害人的指纹留在了自行车上，就没必要烧毁尸体的指纹。我们正是根据自行车上的指纹查明了死者的身份。"

"但如果自行车上没有指纹，你们不就查不出死者的身份了？"

对于汤川的质疑，草薙沉默了约十秒。他并未考虑过这个问题。

"不，"草薙说，"从结果来看，因为指纹和从短租旅馆失踪的男人的指纹一致，我们才得以查明死者的身份。但就算没有指纹也不要紧。之前我说过，我们做了DNA鉴定。"

"我知道。也就是说，烧毁指纹这件事本身，其实毫无意义。但是，如果连这一步也在凶手的计算之内，又会怎么样？"

"明知没用还特意烧毁了指纹？"

"凶手自然有他的用意，但不是为了隐瞒死者的身份。你有没有想过，也许凶手就是为了让你们相信，将自行车弃置在一旁并非障眼法。"

这个出人意料的观点令草薙无言以对。"你是想说，那就是凶手的障眼法？"

"目前还不清楚凶手的目的。"汤川从自行车上下来，"凶手想制造一个假象，让人以为被害人是自己骑自行车到达现场的，这一点应该毫无疑问。只是，这样故弄玄虚的目的是什么？"

"如果被害人当时已经无法自行移动，隐瞒这一点就非常有意义。"草薙说，"也就是说，死者早已遇害，凶手将尸体搬运到了那里。我们组长就是这样认为的。"

"而你反对这个观点，因为目前嫌疑最大的花冈靖子没有驾照。"

"如果有同谋则另当别论。"草薙答道。

"好吧，先不说这个，我更想问的是自行车失窃的时间。现在已经确定是在上午十一点到晚上十点之间，但我感到很奇怪，你们竟然能做到这么精确？"

"车主是这么说的，我们也没有办法。这不是什么难事吧？"

"问题就在这里。"汤川将咖啡罐推向草薙，"你们为什么这么轻易就找到了车主？"

"这也不难。车主报案了，比对一下报案信息就行。"

草薙说完，汤川陷入沉思。即使隔着墨镜，草薙也能看出他的眼神逐渐严肃。

"怎么了？这次你觉得哪里不满意？"

汤川凝视着草薙。"你知道自行车失窃的地点吗？"

"知道，找车主问话的人就是我。"

"能麻烦你带我去看看吗？应该就在这附近吧？"

草薙也看着汤川，想问他为什么对这起案子深究到如此地步，但又忍住了。汤川的目光正散发出专心推理时特有的锐利光芒。

"往这边走。"草薙说着,迈开了脚步。

失窃地点离他们喝罐装咖啡的地方不足五十米,草薙站在成排的自行车前。"车主说用锁链把车锁在了人行道旁的这处护栏上。"

"凶手剪断了锁链?"

"应该是。"

"看来凶手提前准备了剪锁链的钳子……"汤川望向那些自行车,"没有锁链的自行车不是更多吗?凶手为什么要特意给自己找麻烦?"

"我怎么知道?可能是凶手看中的自行车正巧被锁上了锁链,仅此而已吧。"

"看中的……"汤川自言自语似的说,"凶手到底看中了什么?"

"你到底想说什么?"草薙显得有点不耐烦。

汤川转过身,再次面向草薙。"你知道,我昨天也像今天一样,来这里观察周边环境。这里一整天都停放着自行车,而且数量可观。有些好好上了锁,有些则感觉车主已经做好车会被偷的准备。这种情况下,凶手为什么会选中那辆自行车?"

"还不能断定偷车的就是凶手。"

"好吧,也可以认为是被害人偷的,但不管怎样还是有同一个问题,为什么是那辆自行车?"

草薙摇了摇头。"我不太明白你的意思。失窃的是一辆普通的自行车,没有任何特别之处。也许只是随便挑了一辆。"

"不,不对。"汤川竖起食指,左右晃了晃。"我来说说我的推理。那辆自行车是新买的,或者说看上去和新车一样。怎么样,我没说错吧?"

这令草薙有些措手不及。他回想起那个主妇，也就是自行车车主的话。"没错。"他答道，"车主的确说自行车是上个月刚买的。"

汤川点了点头，表情仿佛在说：这是自然。"对吧？正因如此，才会好好地锁上锁链，而且发现失窃就立刻报案了。反过来说，凶手打算偷的正是这种自行车，因此明知没有锁链的车随处可见，还是特地准备了剪锁链的钳子。"

"你是说凶手故意要偷新车？"

"没错。"

"为什么？"

"问题的关键就在这里。按照这个思路，凶手的目的只有一个，就是希望车主报案，并借此得到某种好处。说得详细一点，是为了把警方的侦查引向错误的方向。"

"你的意思是，判断自行车失窃的时间在上午十一点到晚上十点之间，是有问题的？可凶手怎么知道车主会说出什么证词？"

"凶手的确无法把握时间，但车主肯定会指出一件事，那就是自行车失窃的地点在篠崎站。"

草薙不禁倒吸了一口气，注视着物理学家。"你是想说，这是凶手制造的假象，就为了把我们警察的注意力引向篠崎站？"

"这种可能性很大。"

"我们确实花了不少人力和时间在走访调查篠崎站周边，如果你的推理正确，那这些都是无用功了？"

"不能算是无用功。自行车的确是在这里失窃的，但这件案子并没有简单到仅凭地点就能找出什么线索。凶手的设计远比你想的更巧妙、更精致。"汤川说完，便转身离开了。

草薙连忙追上去。"你去哪里？"

"回去啊，还用说？"

"你等一下。"草薙抓住汤川肩膀，"最关键的问题我还没问，你究竟为什么这么关心这件案子？"

"不能关心吗？"

"这不叫回答。"

汤川甩开草薙的手。"我是嫌疑人吗？"

"嫌疑人？当然不是。"

"所以我做什么都可以吧？我无意妨碍你们的工作。"

"那我就直说了，你用我的名字，对住在花冈靖子隔壁的那个数学老师说谎了，对吧？说我想请他协助侦查。我应该有资格问问你的目的。"

汤川目不转睛地看着草薙，露出少见的冷峻表情。"你去找过他？"

"去了，因为你什么都不告诉我。"

"他说了什么？"

"等等，现在提问的可是我。你觉得那个数学老师和案子有关？"

汤川并没有回答，避开了草薙的目光，再次朝车站方向走去。

"你等一下！"草薙在他背后喊道。

汤川停下脚步，回过头。"事先声明，唯独这次我没法全力帮你。我是出于个人理由在追查这件案子，你不要指望我。"

"既然如此，我也不能像以前那样给你提供案子的线索了。"

汤川垂下视线，随后向草薙点了点头。"那也没办法，这次我们就各自行动吧。"汤川说完，又迈开脚步。他的背影似乎展现出了决心，草薙不再吭声。

草薙吸完一支烟后，才向车站走去。他故意磨蹭了一会儿，避开与汤川乘同一班地铁。虽不知是什么原因，但这次的案子显然与汤川的私人问题有关，而且他打算独自解决。草薙不想妨碍他思考。

草薙随着地铁车厢晃来晃去，不禁想汤川在烦恼什么。可能还是那个数学老师的事吧。他应该是姓石神？在目前为止的调查中，石神从未引起草薙他们的注意。他只不过是花冈靖子的邻居，汤川为什么如此在意他？

草薙想起了便当店里的情形。那天傍晚，汤川和石神一同出现，根据石神的说法，是汤川提出想去弁天亭的。

汤川不会特地做毫无意义的事。他和石神一起去那家店，一定有其目的。究竟是什么？这么说来，工藤也紧接着出现，但草薙倒不觉得汤川预料到了这一点。

草薙不由得回想从工藤那里听到的种种。他没有提到石神，应该说他没有提及任何人，而是清楚地表明："我不喜欢说三道四。"

草薙的脑海中瞬间闪过了一个念头，"不喜欢说三道四"这句话是工藤在谈什么时说的？现在还有顾客为了见她才去买便当——草薙想起工藤按捺着焦躁说出这句话时的表情。

草薙深吸了一口气，猛地直起腰。坐在对面的年轻女子不悦地瞪了他一眼。

草薙抬头看了看地铁路线图，决定在浜町站下车。

石神很久没握过方向盘，但开了三十分钟就慢慢习惯了，只是在目的地找空位停车稍微花了点工夫。石神觉得不管停在哪里，都会影响其他车通行。幸好有一辆轻型卡车随意地停在一处，石神决定就在它后面停车。

这是石神第二次租车。在大学当助教时，他曾带学生去发电厂参观。为了出行方便必须得开车，无奈之下，他才去租了一次。当时租的是七座面包车，今天则是常见的小型国产车，开起来轻松多了。

石神看向右前方的小楼，上面挂着"光辉图文印刷有限公司"的招牌，是工藤邦明的公司。

找到这家公司并不难。石神从刑警草薙那里得知了工藤这个姓氏和经营印刷公司的线索，又查询专门收集印刷公司主页的网站，挨个调查其中位于东京的公司。经营者姓工藤的，只有这家光辉图文印刷有限公司。

今天一下课，石神便立刻前往租车公司，租下事先预约好的车，来到了这里。租车必然有风险，再怎么小心都会留下证据。深思熟虑后，石神仍决定这么做。

车上的电子钟显示，现在是下午五点五十分。几名男女从楼的正门走了出来。确认其中有工藤邦明后，石神绷直身体。他拿起副驾驶座上的数码相机，摁下电源开关，看了看取景窗，随后对准工藤调整好焦距，慢慢拉近镜头。

工藤依旧是一身挺拔低调的精英打扮，石神甚至不知道去哪里买这样的衣服。原来靖子喜欢的是这种男人，石神再次暗想。不过不光是靖子，这世上的大部分女人都是这样吧，如果让她们在石神和工藤之间选择一个，她们肯定会选择工藤。

在忌妒心的驱使下，石神按下了快门。他没开闪光灯，但因为天还没黑，四周仍很亮，液晶屏上鲜明地映出了工藤的身影。

工藤绕到了楼后面。石神已经确认过那里有个停车场，便等着工藤把车开出来。

不久，一辆绿色的奔驰车出现了。看到驾驶座上的工藤，石神连忙发动引擎，驱车尾随。他还没完全适应开车，跟踪更是难上加难。很快就有其他车驶入两车之间，他差一点儿跟丢，红绿灯变换时尤其困难。好在工藤重视安全，既不会开得太快，遇到黄灯也会规规矩矩地停车等候。

这反而令石神不安，他担心离得太近易被察觉，可又不能放弃，甚至做好了被对方发现的最坏打算。

因为对这附近不太熟悉，石神会在途中不时看一眼导航。工藤似乎正朝着品川驶去。

路上的车渐渐多起来，跟踪变得更加困难。稍一疏忽，前方就插进一辆卡车，奔驰车就这样彻底从石神的视线里消失了。雪上加霜的是，正当他犹豫是否该并线时，前方亮起了红灯。卡车停在最前面，换言之，奔驰车已经开走了。

只能到此为止了？石神咂了一下舌。

绿灯亮起后，石神再次发动汽车。没过多久，打着右转向灯的奔驰车竟出现在下一个红绿灯前。是工藤的车。马路右边有一家酒店，看来工藤要去那里。

石神毫不犹豫地跟在后面。对方也许会起疑，但事已至此，他不能再回头了。

右转灯亮起，奔驰车随即开动，石神紧随其后。进入酒店大门，左侧有一条斜坡直通地下，应该是停车场的入口。石神跟着奔驰车向那里驶去。

工藤取停车券时，稍稍回了一下头。石神缩起脖子，不知工藤是否发现了他。

停车场空荡荡的，奔驰车停在酒店入口附近，石神隔了一大段距离才停下车。熄火后，他立刻拿起相机。

工藤从车上下来了，石神按动快门，首先拍下了这一幕。他留意着石神这边，似乎起了疑心。石神将头压得更低。

工藤径直走向酒店入口。确认已经看不见他的身影后，石神发动了汽车。

有这两张照片就够了吧……

石神在停车场逗留的时间很短，通过出口处的栏杆时，并未被收取停车费。他谨慎地打着方向盘，沿狭窄的斜坡驶上地面。他思考着该给这两张照片配上什么文字，脑中构思的内容大体如下：

这个与你频繁见面的男人，我已查清他的来历。我拍下照片，想必你应该明白我的意思。

我想问你和这个男人是什么关系？

如果是恋爱关系，那你无疑背叛了我。

你想想我都为你做了什么？

我有权命令你，马上和这个男人分手。否则，我的怒火将会烧向他。

让他经历和富樫相同的命运，对现在的我而言易如反掌。我做好了这个心理准备，也有办法实现。

再重复一遍，如果你在和这个男人谈恋爱，我决不会原谅这种背叛。我一定会报复。

石神念念有词地复述着拟好的文字，感受这段文字是否有威慑效果。

红灯变绿了，石神正准备离开酒店大门，只见花冈靖子从人行道过来，走进了酒店。

石神瞪大了眼睛。

12

靖子刚走进茶廊,里侧的座位上便有人举手招呼,正是身穿墨绿色夹克的工藤。店内约有三成客人,有几对情侣,更多的是洽谈生意的商务人士。靖子微微低头,从他们身边走过。

"突然叫你出来,真不好意思。"工藤笑着说,"喝点什么?"

见女服务员已走到近旁,靖子便点了奶茶。

"出什么事了?"她问道。

"没什么。"工藤端起咖啡杯,还未送到嘴边,他又开口道,"昨天警察到我家来了。"

靖子睁大双眼。"果然……"

"你对警察说了我的事?"

"对不起。上次和您吃完饭后,警察就来了,不停追问我去了哪里、和谁去的。我不说反而会让他们觉得奇怪……"

工藤摆了摆手说:"你不用道歉,我不是在责怪你。为了今后我们能光明正大地见面,早晚得让警察知道,我觉得现在这样更好。"

"真的吗?"靖子小心翼翼地看着工藤。

"嗯。只是他们目前恐怕还在怀疑我们，刚才我来这里的途中，还被跟踪了。"

"跟踪？"

"起先我没注意，但开着开着发现有辆车跟在我后面。应该不是我多想，因为那人都跟到这家酒店的停车场里了。"

靖子凝视着工藤，对方说话时，似乎觉得这件事无关紧要。"然后呢？怎么样了？"

"不知道。"工藤耸了耸肩，"离得太远，我没看清对方的长相，后来那人就不见了。你没来之前，我一直在观察这周围，但没看到类似的人。或许他正躲在我们注意不到的地方监视我们。"

靖子朝左右看了看，窥探着周围的人群，但并未发现形迹可疑的人。"看来警察在怀疑您。"

"在他们的设想里，你是杀害富樫的主谋，而我是帮凶。昨天来找我的警察非常直白地问了我的不在场证明之后，才回去的。"

这时，女服务员端来了奶茶。她离开前，靖子趁机再次环顾四周。"假如警方仍在监视，我们这样见面，不是又会招来怀疑？"

"无所谓。我刚才也说了，我想光明正大地和你见面，偷偷摸摸反而让人怀疑。再说，我们也不是那种需要避人耳目的关系。"像是要强调自己并不在意的态度，工藤悠闲地倚靠在沙发上，喝起了咖啡。

靖子也拿起杯子。"听您这么说我很高兴，但如果给您添了麻烦，我真的非常抱歉。我们暂时还是不要见面了。"

"我就知道你会这么说，"工藤放下杯子，探身说道，"所以今天才特意叫你出来。你早晚会知道警察来找过我，倒不如我提前告诉你，省得你多心。我直说了吧，你完全不用担心我。虽然问了我不在场证明,但幸好有人可以为我作证。想来警察很快就会对我丧失兴趣。"

"那就好……"

"比起这些,我还是更担心你。"工藤说,"警察迟早会查清楚我不是同谋,但他们并没有打消对你的怀疑。一想到他们还将这样死缠烂打,我就很郁闷。"

"那也没办法。富樫生前好像确实在找我。"

"那个男人也是,一直缠着你,到底打的什么主意……人都死了也不放过你。"工藤显得有些不耐烦,随后再次看向靖子,说道,"这个案子真的和你一点儿关系都没有,对吧?我不是怀疑你,只是如果你和富樫有一点点联系,我也希望你能坦诚告诉我。"

靖子望着工藤严肃的表情,明白了这才是他突然约她见面的真正原因。工藤并非毫不怀疑她。

靖子露出微笑。"不用担心,我和这个案子没有任何关系。"

"嗯,我一直很确信,但能听到你这么说,我就放心了。"工藤点点头,看了一眼手表,"好不容易出来一趟,一起吃个晚饭如何?我知道一家很好吃的烧烤店。"

"对不起,我没和美里说今晚的安排。"

"是吗?那我也不好勉强了。"工藤拿过账单,站起身来,"我们走吧。"

工藤付账时,靖子又一次环顾四周——没看到像是警察的人。

虽然这么想对不起工藤,但只要警察仍在怀疑工藤是同谋,那她应该就是安全的,因为这意味着警方的调查方向与真相相距甚远。是否该与工藤继续发展下去?靖子感到迷茫。她希望两人能更加亲密,又害怕一旦愿望成真,会引来更大的麻烦。石神那张面无表情的脸浮现在她的脑海中。

"我送你回家。"工藤付完账后说道。

"今天不用了,我坐电车回去。"

"没关系,我送你吧。"

"真的不用了,我还想去买点东西。"

"哦……"工藤似乎难以释然,但还是笑着说,"那今天先这样,我会再给你打电话。"

"多谢款待。"靖子说完,转身离去。

去往品川站的路上,靖子正要过人行横道,这时手机响了。她边走边打开包拿出手机,屏幕显示来电人是弁天亭的小代子。

"喂?"

"我是小代子,今天还好吧?"小代子的声音中透着微妙的紧张。

"一切正常,怎么了?"

"刚才你下班之后,警察又来了,问了一些奇怪的问题,我想着先知会你一声。"

靖子握着手机,闭上了眼睛。又是警察,他们就像蛛网一样,紧紧缠绕着她不放。"什么奇怪的问题?"她惴惴不安地问道。

"就是那个人的事,那个高中老师,好像是姓石神?"

听了小代子的话,靖子几乎拿不住手机。"那个人怎么了?"她的声音颤抖着。

"警察得知有顾客为了见你,特地来店里买便当,他们想知道那个人是谁、住在哪里。应该是从工藤先生那里听说的。"

"工藤先生?"靖子根本不知道这和他有什么关系。

"说起来,我确实和他提过,说有顾客为了见你,每天早上都到店里来。他好像把这件事告诉警察了。"

原来如此，靖子明白了，看来向工藤问过话的警察已经去弁天亭核实过。"小代子姐，你怎么回答的？"

"我想藏着掖着也不好，就如实告诉他们是住在你隔壁的一个老师。不过我特意强调，他因为你才来买便当这事只是我们私下的猜测，真实情况我们并不清楚。"

靖子觉得嘴里发干。警察终于盯上了石神，这只是因为工藤的话吗？还是有别的原因？

"靖子？"小代子唤道。

"啊，什么？"

"我这么说可以吗？会不会有什么麻烦？"

麻烦大了——这句话死也不能说。"没事，我和那个老师没什么联系。"

"我猜也是。总之，我就是想先告诉你。"

"我知道了，谢谢你特地打电话过来。"靖子挂断了电话。她感到胃沉甸甸的，有点犯恶心。

这种感觉一直持续到进家门。回去的路上，她去超市采购了一些日用品，但挑了什么却记不清分毫。

隔壁传来开关房门的动静时，石神正坐在电脑前。屏幕上显示着三张照片，其中两张拍的是工藤，另一张则是靖子进酒店的样子。他本想拍下两人在一起时的情景，但想到这次差点被工藤发现，又怕万一靖子有所察觉会很麻烦，便决定还是谨慎行事。

石神做好了最坏的打算。到时这些照片应该能派上用场，但他想竭尽全力避免走到那一步。

石神看了一眼桌上的钟表，站起身来。快晚上八点了。看来靖子和工藤见面的时间不长,这让他感到些许安心。他把电话卡揣进兜里,出了家门,和往常一样走在夜路上,谨慎地确认是否有被跟踪的迹象。

石神想起那个姓草薙的警察。他的来意令人摸不着头脑,他似乎是想询问花冈靖子的情况,却又让人觉得,打听汤川学才是他的主要目的。这两人间到底说了些什么?石神判断不出自己是否被怀疑,很难决定下一步棋。

仍是那个公用电话亭,石神拨通了靖子的手机。呼叫音响过三次后,靖子接起了电话。

"是我。"石神说,"现在方便通话吗?"

"嗯。"

"今天有什么情况吗?"石神想问靖子和工藤见面谈了什么,却不知如何开口。知道两人见过面,这件事本就不对劲。

"其实……"靖子说到这里,陷入了沉默,似乎有些犹豫。

"怎么了?发生什么事了?"难道她从工藤那里听到了什么惊人的消息?

"我们店……听说警察去了弁天亭。嗯……好像在打听你……"

"打听我?怎么问的?"石神咽了口唾沫。

"这……这有点不好解释,我们店里的人从很早之前就谈论过您……您听了可能会生气……"

靖子吞吞吐吐的样子令石神焦躁起来,他想靖子的数学肯定不怎么好。"我不会生气,请你开门见山地告诉我,店里的人谈论我什么?"石神觉得那些人无非是嘲笑他的外表。

"我……我已经否认了,可店里的人还说您是为了见我才来买便当的……"

"啊……"石神的脑海顿时一片空白。

"对不起。他们只是开玩笑,并没有恶意,也不是真的那么想。"靖子拼命解释,而石神半个字也没听进去。

原来除了靖子以外的其他人,是这样看待他的。

这并不是误会。他的确是为了见靖子,才几乎每天早上都去买便当。如果说他从不期待对方能感受到他的心意,那是骗人的。只是一想到连别人也这么看待他,他就不禁浑身燥热。像他这样丑陋的男人钟情于靖子那样的美女,外人怎么可能不嘲笑他?

"您……是不是生气了?"靖子问道。

石神慌忙假装咳嗽。"没有……然后呢?警察又说了什么?"

"警察去店里询问那个顾客是谁,他们就说了您的名字。"

"原来如此。"石神的体温似乎仍在上升,"警察是怎么知道的?"

"这个……我不知道。"

"警察只问了这一件事吗?"

"应该是。"

石神握着听筒,点了点头。现在不是慌张的时候。虽然不知道前因后果,但警察已经渐渐将焦点对准了他,这是无可争议的事实。他必须准备好对策。

"你女儿在吗?"他问道。

"美里吗?她在。"

"能让她来接电话吗?"

"好的。"

石神闭上了眼睛。他专心地思考着草薙等人到底有什么企图和行动,还有他们下一步的计划。可脑海中却浮现出汤川学的面孔,这令他不禁有些慌乱:那个物理学家在想什么?

"您好。"一个稚嫩的女声传来,是美里。

"我是石神。"他打过招呼后,继续说道,"十二日那天,和你聊电影的朋友是实香,对吗?"

"对,我已经和警察说了。"

"嗯,你此前也告诉过我。那你说的另一个朋友,是叫小遥吧?"

"是的,她叫玉冈遥。"

"后来你还和她聊起过电影吗?"

"没有。我应该只在那次说起了,但之后没准又提到过一点儿。"

"没跟警察说她吧?"

"没说。我只提了实香,因为您说过,先别提小遥为好。"

"做得好,不过现在可以说了。"石神留意着周围的动静,开始详细指示美里。

网球场边的空地上升起了灰色的烟雾。走近一看,只见身穿白大褂的汤川正挽起袖子,将棍子戳进一个约十八升的方形金属桶。烟就是从那里飘出来的。

听到脚步声,汤川转过身来。"你像个跟踪狂,一直跟着我。"

"面对可疑人物,警察确实会变成跟踪狂。"

"这么说,我是可疑人物?"汤川饶有兴趣地眯起眼睛,"你能有这样大胆的猜想,还真是难得。思维如此灵活,想必能步步高升。"

"我怀疑你,你都不问问为什么?"

"没必要。在任何时代,科学家都会被人视为怪物。"汤川继续戳着金属桶。

"你在烧什么?"

"没什么重要的东西,只是一些不要的报告和资料。我不相信碎纸机。"汤川拎起一旁的桶,将里面的水倒入金属桶中。只听嘶的一声,冒出了更浓的白烟。

"我有话要问你,以刑警的身份。"

"气势挺足的嘛。"汤川确认金属桶里的火已经完全熄灭后,提着刚才装水的桶走开了。

草薙跟在他身后。"昨天和你分开后,我去了一趟弁天亭,在那里听到了一件很有意思的事。你不想知道吗?"

"没兴趣。"

"我偏要告诉你,你的好朋友石神迷上了花冈靖子。"

汤川正大步向前走,闻言停住了。他回过头来,目光变得十分锐利。"是便当店的人说的?"

"嗯。上次和你聊起时,我突然灵光一闪,于是去了弁天亭确认。逻辑思维或许重要,但直觉也是刑警不可或缺的一大武器。"

"所以呢?"汤川再度转身向前,"就算他迷上了花冈靖子,对你们的侦查有什么影响?"

"都说到这里了,你就别装糊涂了。我不知道你是怎么察觉到的,但正是因为你怀疑石神是花冈靖子的帮凶,才瞒着我偷偷摸摸地四处调查吧?"

"我不记得我偷偷摸摸地干过什么。"

"总之,我已经有理由怀疑石神,今后我会盯死这家伙。这么说来,虽然昨天我们决裂了,但还是签个和平条约吧?我为你提供案件的相关信息,作为回报,你也把掌握的情况告诉我。怎么样,这主意不坏吧?"

"你高估我了,我什么情况都没有掌握,全部只是想象罢了。"

"那就说说你的想象。"草薙一动不动地凝视着好友的眼睛。

汤川错开视线，径直向前走。"先去我的研究室吧。"

草薙在第十三研究室的书桌前坐下，桌上有一块奇特的烧焦的痕迹。汤川拿来两个马克杯。一如往常，哪一个都称不上干净。

"假如石神是同谋，他究竟起到了什么作用？"汤川直接抛出疑问。

"我先说吗？"

"和平条约可是你提议的。"汤川靠坐在椅子上，悠闲地抿了一口速溶咖啡。

"好吧。石神的事我还没向上面汇报，现在说的只是我的推理。如果作案现场在别处，那石神就是搬运尸体的人。"

"你不是否定搬运尸体的说法吗？"

"如果有同谋，则另当别论。不过主犯，也就是实际下手的人，是花冈靖子。石神或许帮了忙，但花冈靖子一定在场，并参与了作案。"

"你这么肯定？"

"假如实际行凶和处理尸体的人都是石神，那他就不是帮凶，而是主犯，甚至可能是他单独作案。但他再怎么迷恋花冈靖子，我也不认为会做到如此地步。对方一旦背叛他，他就完了，因此他必然会让花冈靖子承担部分风险。"

"那为什么不是石神一人动手，然后他们两人处理尸体？"

"不能说完全没有这种可能，但我认为可能性很小。花冈靖子在电影院的不在场证明虽然模糊，在那之后的不在场证明却很明晰，多半是确定好时间后才行动的。这么一来，她就不可能参与抛尸，毕竟他们计算不出所需时间。"

"花冈靖子的不在场证明，目前无法确定的时间段是……"

"是她声称在看电影的七点到九点十分之间。之后她们去了拉面店和KTV，这两个地方我们都核实过了。去过电影院这一点确凿无疑，我们在电影院保管的票根里，找到了有花冈母女指纹的两张票根。"

"你认为靖子和石神是在这两小时十分钟内杀的人？"

"或许还包括抛尸。不过从时间线来推测，靖子很有可能比石神早离开现场。"

"作案现场在哪里？"

"这个还不清楚。不管在哪里，应该是靖子把富樫约出来的。"

汤川默默地喝了一口咖啡。他的眉间刻上了一道皱纹，似乎无法认可草薙的话。

"你想说什么？"

"不，没什么。"

"想说就明明白白地说出来。我已经说了我的想法，现在轮到你了。"

草薙话音刚落，汤川叹了口气。"他没用车。"

"什么？"

"石神应该没开车。搬运尸体需要汽车，但他没有，所以得从什么地方弄一辆过来。我不认为他有办法做到，而不留下任何证据。按照常理，普通人谁也没有这种能力。"

"我打算挨家盘查租车公司。"

"辛苦你了，我保证你绝对不会有发现。"

草薙瞪着汤川，心里骂道"这个混蛋"。汤川一脸无辜的模样。

草薙补充道："我只是说如果作案现场在别处，负责搬运尸体的应该是石神。发现尸体的地方很有可能也是行凶地点。他们有两个人，做什么都有可能。"

"你的意思是他们合力杀死富樫，毁了尸体的面容，烧掉指纹，再脱下衣服焚毁，最后一起徒步离开现场？"

"所以我刚才说，两人离开现场的时间可能不同。靖子必须在电影放映结束前赶回去。"

"按照你的推理，弃置在现场的那辆自行车，仍是被害人骑过来的？"

"应该是吧。"

"这就意味着石神忘了擦掉自行车上的指纹。石神——达摩石神会犯这种低级错误吗？"

"再厉害的天才也会犯错。"

汤川缓缓地摇了摇头。"那家伙不会做这种事。"

"那你认为没有擦掉指纹的理由是什么？"

"我一直在思考这个问题，"汤川抱着胳膊说，"但还没有结论。"

"说不定是你想太多了。那家伙也许是数学天才，但对于杀人，他还是个门外汉。"

"没什么两样。"汤川平静地说，"对他来说，杀人应该更容易一些。"

草薙缓缓摇头，端起了脏兮兮的马克杯。"总之我会盯住石神。如果有男性同谋这一前提成立，搜查范围也会相应扩大。"

"按你这么说，凶手的作案手法也太草率了。自行车上的指纹忘了擦除，被害人的衣物没有烧光，种种疏漏随处可见。请问，这究竟是计划周全的谋杀，还是冲动作案？"

"这个……"草薙紧紧盯着汤川，仿佛要从他脸上看出点什么，"也许就是一时冲动。比如，靖子想和富樫谈某件事，便约他出来，石神作为保镖陪在靖子身边，但事情并未谈拢，结果两人失手杀了富樫——差不多就是这样。"

"可这样就和去电影院的证词矛盾了。"汤川说,"谈事不需要不在场证明,更何况还是一个不够充分的不在场证明。"

"难道是预谋犯罪?靖子和石神一开始就打算杀掉富樫,所以埋伏在那里?"

"这样也说不通。"

"你到底什么意思?"草薙一脸不耐烦的样子。

"如果计划是石神制订的,就不可能如此不堪一击。他不可能制订这种漏洞百出的计划。"

"就算你这么说——"这时,草薙的手机响了。他说了句"不好意思",接起电话。

是岸谷打来的。他转达的信息相当重要,草薙边问边做笔记。

"有趣的事来了。"挂断电话后,草薙对汤川说,"靖子有个女儿,名叫美里,从她的同班同学那里得到了非常耐人寻味的证词。"

"什么?"

"案发当天中午,那名同学曾听美里说,晚上要和母亲一起去看电影。"

"真的?"

"岸谷已经确认过了,应该没错。看来,靖子母女白天时就决定去看电影了。"草薙朝物理学家点点头,"这是一起有预谋的犯罪,一定是这样。"

汤川却摇了摇头,目光依然冷峻。"不可能。"他口吻强硬。

13

从锦糸町站步行五分钟左右，便到了玛丽安。这家店位于一幢五层小楼，楼里还有几家酒馆。建筑陈旧，电梯也是老式的。

草薙看了一眼手表，刚过晚上七点，估计现在客人不多。他特意避开繁忙时段，以便能好好问话。草薙望着锈迹斑斑的电梯内壁，不禁怀疑在这种地方开店能吸引多少人。

走进玛丽安后，他吃了一惊。店里有二十多张桌子，约三分之一已坐满了人。看装束似乎工薪阶层居多，但也有些人看不出职业。

"我之前去过银座的夜总会查案……"岸谷在草薙耳边嘀咕，"那里的妈妈桑还说，不知道泡沫经济时期每天都来店里喝酒的人，现在去哪里了。原来是跑到这里来了。"

"应该不是。"草薙说，"人一旦体验过奢侈的生活，便很难降低自己的消费水准。这里的客人和银座的可不一样。"

草薙叫来一名男服务员，说想找负责人问话。年轻的男服务员收起谄笑，消失在店内深处。不久，另一名男服务员过来，将草薙和岸谷引向吧台。

"请问喝点什么？"那人问道。

"来杯啤酒吧。"草薙回答。

"没问题吗？"待对方离开后，岸谷说，"现在是上班时间。"

"什么都不喝的话，会让周围的客人觉得奇怪。"

"点乌龙茶也好啊。"

"两个大男人会到这种店里来喝乌龙茶？"

二人正说着，一个身穿银灰色西装、四十岁上下的女人出现了，她化着浓妆，头发高高盘起，很瘦，却是一个相当漂亮的女人。

"欢迎光临。请问有什么事吗？"她压低声音问道，唇间泛着笑意。

"我们是警视厅的。"草薙也低声说。一旁的岸谷正准备把手伸进上衣内侧口袋，却被草薙拦下。他再次看向对面的女人。"需要出示证件吗？"

"不用。"女人在草薙身边坐下，同时把自己的名片放到桌上。名片上印着"杉村园子"。

"你是这里的妈妈桑吧？"

"可以这么认为。"杉村园子微笑着点头，似乎无意隐瞒她受雇于人的事实。

"生意很兴隆啊。"草薙环视店内后说道。

"表面如此而已。这家店是老板为了避税才开的，来这里的顾客都是些和老板有交情的人。"

"这样啊。"

"没人知道这家店以后会怎么样，小代子选择去开便当店也许是正确的。"她说着丧气话，却爽快地道出了前同事的名字。草薙感到她有她的自尊。

"我的同事前些天也来打扰过几次。"

女人点点头。"因为富樫先生的案子来过,基本都是我接待的。今天还是因为那件事?"

"对不起,没完没了的。"

"我对上次来的警察先生也说过,你们如果怀疑靖子,就大错特错了。她根本没有动机。"

"不,还谈不上怀疑。"草薙挤出笑容,摆了摆手,"侦查工作迟迟没有进展,我们打算换个角度从头开始,所以今天又过来了。"

"从头开始啊……"杉村园子轻轻叹了口气。

"据说富樫慎二先生三月五日来过这里。"

"是的。我很久没见他了,也没想到他如今还会来这里,所以大吃一惊。"

"在这之前你就见过他吗?"

"见过两次。以前我也在赤坂,和靖子同一家店,就是那个时候见的。当时他还很阔绰,看起来也相貌堂堂……"听她的口气,看来许久未见的富樫已经没有往日的风采了。

"据说富樫慎二先生想打听花冈女士的住址。"

"他想和靖子复合吧,不过我没告诉他,我很清楚靖子因为他吃了多少苦,结果他又到处找其他女孩打听。我本以为现在店里这些人不会知道靖子的近况,所以一时大意,没想到有个女孩去过小代子的便当店,好像就是那孩子和他说靖子在那里工作。"

"原来如此。"草薙点点头。做这种依托于人脉的工作,想完全隐匿行踪几乎不可能。

"有个叫工藤邦明的人是否常来这里?"草薙换了个问题。

"工藤先生?经营印刷公司的那位?"

"对。"

"他经常来，不过最近没怎么见到了。"杉村园子侧着头说，"他怎么了？"

"我听说花冈女士做女招待时，工藤先生很照顾她。"

杉村园子微笑着点了点头。"是啊，工藤先生很喜欢她。"

"那时两人在交往吗？"

杉村园子歪起头沉思片刻后，说道："确实有人这么怀疑，但在我看来，应该没有。"

"为什么？"

"靖子在赤坂那段时间，是他们最亲近的时候。不过当时靖子正因为富樫先生而烦恼，工藤先生好像知道这件事，还时常开导她，但两人没发展成恋爱关系。"

"花冈女士离婚后，他们应该可以交往了吧？"

杉村园子却摇了摇头。"工藤先生不是那样的人。出主意让靖子和丈夫好好相处，结果对方一离婚就要交往，不会让人觉得他一开始就目的不纯吗？靖子离婚后他们仍维持着朋友关系，而且工藤先生也有家室。"

看来杉村园子还不知道工藤的妻子已经去世。草薙认为没必要特意提起，便缄口不谈了。杉村园子说的恐怕没错。在男女感情上，女招待的直觉远比警察的判断来得准确。

草薙确信工藤是清白的，既然如此，不如切换主题。他从口袋里掏出一张照片，递到杉村园子面前。"这个男人你认识吗？"

这是石神哲哉的照片。岸谷趁石神从学校出来时，从侧面偷拍了他。石神并未察觉，当时他正看向远方某处。

杉村园子一脸惊讶。"这个人是谁？"

"你不认识他？"

"不认识，至少不是我们店的客人。"

"他姓石神。"

"石神先生……"

"你听花冈女士提起过这个人吗？"

"对不起，我没印象了。"

"他是高中老师。花冈女士没聊起过什么与他有关的话题吗？"

"嗯……"杉村园子侧着头说，"我现在也会和她打打电话，但确实没听她说过这些。"

"那感情方面的进展呢？她有没有找你商量或是说些近况？"

闻言，杉村园子不由得苦笑。"关于这个问题，我也对上次来的警察说过，我没听靖子提到任何这方面的事。也许她有正在交往的人，只是没告诉我，但我觉得这不太可能。抚养美里已经让她筋疲力尽了，她根本没有心思谈恋爱。小代子之前也这么说。"

草薙默默点了点头。对于石神和靖子的关系，他本就没指望能从这家店得到很大收获，因此并不沮丧。但听到对方断言靖子的生活中没有密切交往的男性，草薙对石神是靖子的同谋这一推断失去了信心。

见有客人来到店里，杉村园子的注意力似乎转移了。

"刚才你说常和花冈女士联系，那最近一次通话是什么时候？"

"应该是富樫先生的案子被报道出来的那天。我很吃惊，就打了个电话过去。这件事我和上次来的警察也说过。"

"花冈女士当时的状态如何？"

"没什么特别的，她说警方已经找过她了。"

草薙没说"警方"就是他和岸谷。"你是否告诉过她，富樫先生来店里调查了她的下落?"

"没有,我也不会说。我不想让她担心。"

看来,花冈靖子并不知道富樫正在找她。换言之,她无法预料到富樫会找上门来,更不用说制订详细的杀人计划。

"我考虑过要不要告诉她,可那时她在电话里高兴地和我聊了很多其他事,我没有机会说出口。"

"那时?"杉村园子的话令草薙心里一动,"是什么时候?听起来不是最近那次通话。"

"啊,对不起,是更早之前。我记得是在富樫先生来店里的三四天后,靖子留了语音消息,我便给她回电话。"

"这是哪一天的事?"

"哪一天……"杉村园子从西装口袋里掏出手机。草薙以为她要查看通话记录,却见她打开了日历。随后,她抬起头说:"是三月十日。"

"啊?十日?"草薙不禁提高了声音,和岸谷对视了一眼。"你确定吗?"

"嗯,应该没错。"

三月十日正是富樫慎二遇害当天。

"大约几点?"

"我回家后才打的电话,应该是凌晨一点左右。靖子好像是零点前打来的,那时店里还在营业,我没接到。"

"你们聊了多长时间?"

"可能有三十分钟左右,和平常一样。"

"是你给她打的,对吧?打的是手机?"

"不,是她家的固定电话。"

"我确认一下,按你的意思,通话时间其实不是十日,而是十一日的凌晨一点?"

"对,准确地说是这样。"

"你刚刚说花冈女士留了语音消息,她说了些什么?方便的话,希望你能告诉我们。"

"她说有事找我,希望打烊后立刻给她回电话。"

"什么事?"

"不是什么重要的事。她想了解一下我之前治疗腰痛的那家指压按摩的店。"

"指压……以前她也会因为这点小事,主动给你打电话吗?"

"我们每次聊的都是不值一提的事,其实只是想和对方说说话,我和她都是这样。"

"你们经常在这时候聊天吗?"

"这并不奇怪。做我们这一行的,要想有空聊天,得到半夜了,所以一般会尽量选在休息日,那次是她先联系的我。"

草薙点点头,心中的疑虑并未消失。

离开玛丽安,草薙向锦糸町站走去,一路左思右想。杉村园子最后那番话让他非常在意:三月十日深夜,花冈靖子正在和别人通话,且使用的是家中的固定电话。也就是说,那个时间她正在家里。

搜查本部内有人提出,作案时间可能是三月十日晚上十一点之后。毫无疑问,这是以花冈靖子是凶手为前提做出的假设。这意味着即便去KTV的不在场证明是真的,她也有可能在这之后行凶。

支持这一推论的人并不多,因为花冈靖子离开KTV后立即赶到现场,也要将近十二点了,行凶后还须考虑怎么回去。一般情况下,凶手不会选择出租车,因为很容易留下证据,更不用说案发现场附近本就极少有出租车经过。

另外，那辆自行车的失窃时间在晚上十点之前，如果是为了混淆视听，那表明靖子在此之前去过篠崎站。否则，如果自行车其实是富樫偷的，就会出现一个问题：从偷窃自行车，到十二点左右与靖子见面的这段时间里，富樫去了哪里、做了什么？

出于以上缘由，草薙他们并未积极调查过深夜时的不在场证明，而现在调查了，花冈靖子仍有不在场证明。这一点让草薙耿耿于怀。

"你还记得我们第一次见花冈靖子的情景吗？"草薙边走边问岸谷。

"记得，怎么了？"

"当时我是怎么问她不在场证明的？三月十日那天你在哪里——像这样？"

"具体的我记不清了，但应该差不多。"

"她的回答是早上去上班，晚上和女儿一起出去看电影，然后吃了拉面，接着又去KTV唱歌，回到家已经过了晚上十一点，对吧？"

"没错。"

"按照妈妈桑说的，在那之后靖子便给她打了电话，不是什么重要的事，却特别留言要对方回电话。两人通话是在凌晨一点过后，聊了三十分钟左右。"

"这有什么问题吗？"

"当时——就是我一开始询问不在场证明的时候，靖子为什么没提这件事？"

"为什么……大概觉得没必要吧。"

"怎么会没必要？"草薙停下脚步，转身面向后辈刑警，"用自家的固定电话和另一个人通过话，这可以证明她在家。"

岸谷也站住了，扁着嘴说道："话虽如此，但花冈靖子多半认为交代完外出地点就足够了，如果你追问回家后的情况，她应该会说出通话的事。"

"仅此而已吗？"

"还有别的可能吗？掩饰自己没有不在场证明才可疑，而她只是并未提及有不在场证明。拘泥于这一点，你也太奇怪了吧？"

草薙没有再看一脸不满的岸谷，再次迈开脚步。这名年轻刑警从最初就对花冈母女抱有同情，要向他征求客观的意见，恐怕不太可能。

今天白天与汤川交谈时的情景在草薙脑海中重现。这位物理学家认定如果石神参与了案子，这就不可能是一次有预谋的犯罪。

"他不会用电影院制造不在场证明。"汤川首先指出了这一点，"正如你们怀疑的那样，去过电影院这一供述缺乏说服力，石神不可能考虑不到。不仅如此，还有一个更大的疑问：石神没有理由协助花冈靖子杀害富樫。如果靖子被富樫折磨得苦不堪言，以石神的为人，一定会想出其他解决方案，绝对不会选择杀人。"

草薙问汤川："你是觉得他不会做这么残酷的事？"

汤川目光冷峻，摇摇头说："不是不合情，而是靠杀人脱离痛苦的行为不合理。杀了人只会背负上另一种更大的痛苦，石神不会做这种事。相反，只要合乎逻辑，无论多残酷的事，他都做得出来。"

石神是怎样牵涉其中的？关于这个问题，汤川答道："如果他参与这件案子，只有一种可能，就是他无法干预杀人行为本身。换言之，在他完全掌握来龙去脉的那一刻，人已经被杀了。接下来，他能做什么？如果可以瞒天过海，最好不过。如果不能，他一定会制订各种方案，以逃脱警方的侦查，并同时给花冈靖子母女下达指示，教她们如何回答警察的询问，在什么时间给出什么证据，等等。"

简而言之，依照汤川的推理，此前花冈靖子和美里的供述均非出于二人的个人意志，而是由石神在背后操控。

物理学家如此断言后，平静地补充道："当然，这些都只是我的推理，是我以石神参与案子为前提，搭建起来的逻辑架构，但这个前提本身可能就是错误的。不如说我从心底里希望它是错误的，希望只是我想得太多。"说出这些话时，汤川难得流露出痛苦的神色，似乎还有些寂寥，甚至像是害怕再次失去好不容易才重逢的老朋友。

对石神的怀疑究竟源自何处，汤川始终没有告诉草薙。他似乎察觉到石神对靖子有好感，但依据是什么，他却缄口不言。

草薙相信汤川的观察能力和推理能力，甚至觉得汤川的想法绝不可能出错。再结合从玛丽安打探到的消息，草薙看出了一些端倪。

靖子为什么没有向草薙说出三月十日深夜的不在场证明？如果她是凶手，为了防止警察怀疑而事先做好了准备，那她一定会当场说出来。她没有这么做，或许正是因为石神的指示。石神说的估计是"只透露最低限度的内容"。

草薙回想起汤川有一次不经意间说的话，当时他还不像现在这样关心案子。汤川得知花冈靖子是从电影宣传册里拿出票根时，说道："用来伪造不在场证明的票根要保存在何处，这个问题一般人是顾及不到的。如果能预料到警察会上门，并事先将票根夹进电影宣传册，说明这是个相当难对付的对手。"

刚过六点，靖子正准备脱下围裙，一位客人进来了。靖子条件反射般笑着说了声"欢迎光临"。看清对方的样貌后，她困惑起来。此人不陌生，但也称不上熟悉，靖子只知道他是石神的老朋友。

"您还记得我吗?"对方问道,"之前石神带我来过这里。"

"啊,当然记得。"靖子恢复了笑脸。

"我正好在附近,就想起这里的便当了。上次的便当确实非常美味。"

"真是太好了。"

"今天……就来一份标配便当吧,听说石神每次都买这个。上次不巧卖光了,今天还有吗?"

"嗯,还有。"靖子向后厨转达后,重新脱起了围裙。

"您已经下班了吗?"

"嗯,六点下班。"

"这样啊。您直接回家吗?"

"是的。"

"能否允许我和您一起走一段?我有话想对您说。"

"对我?"

"应该说是想与您商量,是关于石神的事。"男人露出意味深长的笑容。

靖子没由来地感到不安。"可我对石神先生几乎一无所知啊。"

"不会占用您太长时间,边走边说就行。"男人语气柔和,措辞却有些强硬。

"那就简单说说吧。"靖子无奈地说。

男人自称姓汤川,在石神的母校当副教授。等汤川的便当准备好后,两人一起走了出去。和往常一样,靖子骑自行车来便当店。她推着车,正要迈开步子,便听见汤川说了句"让我来吧",替她推起了车。

"您没有和石神好好聊过吗?"汤川问道。

"没有，最多是他来店里的时候寒暄几句。"

"是吗？"汤川说完，便不再吭声。

"请问……您要商量的事是什么？"靖子忍不住问道。

汤川仍沉默不语。正当不安的情绪在靖子心中渐渐扩散开来，汤川终于开口了："那家伙是一个很单纯的人。"

"嗯？"

"石神这个人很单纯。他寻求的答案往往非常简单。他不会同时追求好几样东西，为达成目的而选择的方法也非常简单，所以他既不会迷惘，也不会因为一点儿小事动摇。不过，这也意味着他的人生不会太顺利，要么大获全胜，要么满盘皆输，他总与这样的危险相伴。"

"汤川先生……"

"抱歉，您都不知道我想表达什么了吧？"汤川苦笑起来，"您和石神初次见面，是在您搬进现在这栋公寓的时候吗？"

"嗯，我上门和他打了招呼。"

"您当时还提起了在便当店工作？"

"是的。"

"他去弁天亭买便当，也是从那之后开始的吧？"

"这个……大概是吧。"

"从当时的几句交谈中，有没有什么让您留下印象？什么样的都可以。"

靖子不知所措，这个问题是她始料未及的。"您为什么问这个？"

"因为……"汤川边走边注视着靖子，"因为他是我的朋友，非常重要的朋友，我想知道到底发生了什么。"

"可是，我们根本没说什么——"

"对他来说很重要，"汤川说，"非常重要。您应该也清楚吧。"

靖子望着对方认真的目光，莫名地感到身上起了一层鸡皮疙瘩。她突然意识到，眼前这个男人已经知道石神对她有好感，想了解的只是这份感情是怎样产生的。靖子这才发现她从未想过这件事。她比谁都清楚，她并没有美到能让人一见钟情。

靖子摇了摇头。"我没有任何头绪。真的，我和石神先生几乎没说过话。"

"哦。看来，很可能就是这样。"汤川的语气变得温和了几分，"您觉得他怎么样？"

"什么？"

"您不会还没察觉他的心意吧？对此，您有什么想法？"

突如其来的问题令靖子倍感困惑。在这种情况下，她无法笑着敷衍过去。"我没什么特别的想法……我觉得他是个好人，而且非常聪明。"

"您知道他很聪明，是个好人？"汤川停下了脚步。

"我也说不上来，只是有这种感觉。"

"我明白了。占用您的时间，非常抱歉。"汤川将自行车还给靖子，"请代我向石神问好。"

"可是，我不知道能不能见到石神先生……"

汤川只是笑着点了点头，便转身离去了。看着他逐渐走远的背影，靖子感到一种难以言说的压迫感。

14

眼前是一张张不开心的面孔。有些人的表情何止是不开心,简直可以称得上是痛苦;更有些人脸上写满了放弃,眼看就要举手投降。至于森冈,从考试开始就没看过试卷一眼,正托着腮朝窗外望。今天万里无云,蔚蓝的天空延伸向城市的另一端。也许他正在懊恼,如果不是被这无聊的考试占用了时间,他早就能骑上摩托车尽情驰骋了。

学校已经放春假了,但令人忧心的挑战正等待着一部分学生。仍有许多人在期末补考中没有达标,校方只好开设了紧急补习班。石神的班里有三十名学生必须去上课,这个人数与其他科目相比,多得异常。补习过后还要进行一次考试,今天便是第二次补考的日子。

教导主任反复叮嘱石神,题目不要出得太难。"虽然我不想这么说,但这其实只是走个过场的事,目的是让学生及格,然后顺利升级。石神,你也不想弄得这么麻烦吧?之前就有人反映你出的题太难了。第二次补考你就让大家轻松通过吧,拜托了。"

石神不认为他出的题难，反倒觉得已经足够简单。题目并没有脱离教学范围，但凡掌握了基本原理，马上就能得出答案。只不过他稍微变了点花样，与参考书或练习册里经常出现的题目有所不同，仅懂得死记硬背解题步骤的学生会不知从何下手。

这次他遵守教导主任的指示，从现成的练习册里照搬了一些最具代表性的题目，只要稍微做过就能解开。

森冈打了个大大的哈欠，看了看时间。石神正看着他，两人视线相交。石神以为对方也许会感到尴尬，没想到森冈夸张地皱起眉头，用双手比了一个叉，似乎在说：我真的不会做。

石神朝他微微一笑。森冈有些吃惊，随后也笑了笑，又眺望起窗外。

微积分这种东西到底有什么用啊——石神想起森冈之前的疑问。当时他以摩托车比赛为例，解释了学习微积分的必要性，但森冈究竟有没有理解就不得而知了。

石神并不讨厌森冈质疑的态度。对为什么要学习这些知识抱有疑问，是理所当然的。只有解开这个疑问，治学的目的才能逐渐清晰，并将人引领向理解数学本质的道路。

然而，有太多的老师都不再回答这些质朴的疑问。不，在石神看来，这些老师多半是没有能力回答。他们没有真正理解数学，不过是按规定好的教学计划授课，满心只想着让学生得到一定的分数，顺利及格。像森冈抛出的这种问题，只会让他们觉得麻烦。

自己究竟在这个地方干什么？石神想。他在让学生参加一场与数学本质毫无关联、只为获取分数的考试。阅卷也好，根据分数决定是否及格也好，都没有任何意义。这些东西不是数学，更不是教育。

石神站起身，做了个深呼吸。

"各位同学，考试就到此为止吧。"他环视着教室，说道，"剩下的时间，请你们在答题纸背面，写下自己此刻的想法。"

学生们的脸上尽是疑惑。教室里变得乱哄哄的，能听到有人在小声说："'自己的想法'是什么意思？"

"就是你们对数学的感受。只要是与数学相关的，写什么都行。"随后，石神又加了一句，"这也是考核的内容之一。"

学生们的表情顿时明朗起来。

"写这个也给分吗？多少分？"一个男生问道。

"那要看你们写得怎么样了。答不出来题，就在这个上面好好努力吧。"说着，石神坐回椅子上。

所有人都翻过了答题纸。有的人已经开始写起来，森冈便是其中之一。

这么一来全员都能及格了，石神想。交白卷的话，想给分也没办法；如果写了点内容，就能适当地打个分数。教导主任也许有意见，但应该会赞成这个让不及格的学生清零的方法。

铃声响起了，考试结束。还有几个人喊着"再给我一点儿时间"，石神便又延长了五分钟。

石神收好答题纸，离开了教室。刚关上门，就听见学生们开始大声吵闹，甚至还有人说着"这下得救了"。

回到办公室，一名男事务员正在等他。"石神老师，有客人来找您。"

"客人？找我的？"

事务员走上前，凑到石神耳边，轻声说道："好像是警察。"

"啊……"

"怎么办？"事务员似乎在窥探石神的态度。

"什么怎么办,对方不是在等我吗?"

"但也可以随便找个理由,把他打发走。"

石神面露苦笑。"没这个必要。客人在哪里?"

"我请他在会客室等。"

"好,我马上过去。"石神将答题纸塞进包里,拿着包离开了办公室。他打算回家阅卷。

事务员想跟过来,石神拦住他,说:"我一个人去就行。"石神明白他想知道警察上门的理由,他说可以把警察打发走,多半也是觉得这样更容易向石神打探情况。

来到会客室,在里面等待的人果然不出石神所料,是那个姓草薙的刑警。

"不好意思,专门跑到学校叨扰。"草薙站起身,略施一礼。

"亏你还能知道我在学校,明明已经放春假了。"

"我先去过府上,但没人应门,就往学校打了个电话。听说是因为补考,当老师也挺辛苦的。"

"还是当学生辛苦。今天不是补考,是第二次补考。"

"这样啊。如果是石神老师您出的题,估计很难吧。"

"为什么这么说?"石神盯着草薙,问道。

"我也说不上来,只是有这种感觉。"

"题目其实不难,只不过我是根据考生受思维定式影响而产生的盲点出题。"

"盲点?"

"比如,看上去是几何题,其实是函数题。"石神在草薙对面坐下,"不过这个没什么好多说的。请问今天来有什么事?"

"不是什么要紧事。"草薙也坐下来,取出笔记本,"我想再详细问一下那天晚上的情况。"

"那天晚上是指？"

"三月十日。"草薙说，"就是案发当晚。"

"是在荒川发现尸体的那个案子吗？"

"不是荒川，是旧江户川。"草薙立刻纠正，"我向您询问过花冈女士的情况，还有那天晚上有什么异常。"

"我记得。当时我应该回答你了，说我觉得没什么异常。"

"您说得没错。不过，能否再仔细回忆一下？"

"这是什么意思？我毫无头绪，没什么好回忆的。"石神的嘴角泛起笑意。

"不，有些您没有注意到的事，或许有重大意义。如果您能尽量详细地描述当晚的情况，就是帮了我们大忙。至于是否和案子有关，您不必多虑。"

"哦……是吗？"石神挠了挠后颈。

"毕竟距离案发已经过去一段时间了，回忆起来可能有些困难。我想着也许能帮上忙，就把这些东西借出来了。"草薙拿出石神的考勤表、任教班级的课程表，以及学校的计划表，想来是向事务员借的。

"您看了这些，或许更容易回忆起来……"草薙露出讨好般的笑容。

看到那些材料的瞬间，石神察觉到了刑警的目的。草薙语焉不详，其实是想了解石神的不在场证明，而非花冈靖子的情况。警方的矛头怎么会指向自己？石神不知道警方掌握了什么证据，只有一点令他颇为在意，那就是汤川学的举动。

事已至此，既然刑警的目的在于查清不在场证明，那石神就必须采取相应对策。他端正坐姿,挺直了腰。"那天晚上,柔道社的练习一结束,我就走了,应该是七点左右到家的。我之前应该也是这么说的。"

"没错。后来您一直待在家里吗?"

"嗯,我记得是。"石神故意含糊其辞,想看看草薙的反应。

"有没有人前去拜访,或是打过电话?"

听了草薙的问题,石神轻轻摇头。"你是指花冈小姐家吗?"

"不,我是说您家。"

"我家?"

"您会疑惑这与案子有何关系,实属正常。我们不是要调查您,只是想尽可能细致地了解案发当晚花冈女士身边的情况。"

这个理由未免过于牵强。想必刑警在解释之前,已经心知对方会看出这一点。

"那天晚上我没见过任何人。电话……应该没响过吧,平时很少有人给我打电话。"

"是吗?"

"不好意思,你特地跑来,我却提供不了任何有价值的线索。"

"您不用在意这些。对了……"草薙拿起考勤表,"从这张表上看,您十一日上午请了假,下午才来学校,是有什么事吗?"

"那天吗?没什么事,我身体不太舒服,就请假了。刚好第三学期的课基本结束了,我觉得休息半天,影响不大。"

"您去医院了吗?"

"没有。没严重到那个程度,我下午就来学校了。"

"刚才我听事务员说,石神老师平时几乎不请假,每个月基本只会请一次,就上午半天。"

"我确实是以这种方式来安排休假。"

"听说您一直坚持数学研究,还常常彻夜不休。事务员说,您往往是在通宵后的第二天上午才会请假。"

"我记得我对事务员这么解释过。"

"据说这种情况的频率大致是一个月一次。"草薙再次把视线投向考勤表,"十一日的前一天,也就是十日,您请了上午的假。因为时有发生,事务员便没觉得怎么样,但他得知您第二天也请假,似乎有些吃惊。连续两天请假,这在以前从未出现过。"

"没出现过吗……"石神用手撑着额头。现在这种局势下,他必须谨慎作答,"没什么了不起的理由。正如你所言,由于前一晚熬夜了,十日那天我申请了下午再去上班。没想到当晚又有点发烧,所以第二天上午也只好请假了。"

"下午才去上班?"

"是的。"石神点了点头。

"哦……"草薙望向石神,眼神中明显带着怀疑。

"有什么不对吗?"

"我在想,既然下午能去学校,就意味着身体其实没什么大问题。即便有点难受,一般也会坚持上班吧,所以我才觉得奇怪,毕竟您前一天上午已经请过假了。"草薙直接说出了他对石神的怀疑,好像根本不怕惹恼对方。

石神怎么会接受草薙的挑衅?他苦笑着说道:"听你这么说,的确是有点奇怪。不过,当时我身体状况欠佳,实在起不来,到了中午又突然好多了,所以就挣扎着去上班了。当然,就像你说的,也是因为前一天我已经请假了,心里难免过意不去。"

石神说话时,草薙一动不动地盯着他的眼睛。他的目光锐利而执着，似乎坚信说谎的人必定会露出慌乱的神色。"原来如此。您平时一直坚持练习柔道，小毛病应该半天工夫就能缓过来吧。事务员说，之前从未听说石神老师生过病。"

"怎么可能？我也会感冒的。"

"这么说，您是碰巧在那天生病了？"

"'碰巧'是什么意思？这一天对我而言，没有任何特别之处。"

"说的也是。"草薙合上笔记本，站了起来，"百忙之中还来打扰您，非常抱歉。"

"哪里，倒是我没能帮上什么忙。"

"已经足够了。"

两人一起从会客室出来，向玄关走去。

"您和汤川后来还见过面吗？"草薙边走边问道。

"没有，一次都没见过了。"石神答道，"你呢？你们应该会时不时见面吧？"

"我最近很忙，也没见到他。找时间我们三个人聚一聚？我可是听汤川说了，石神老师的酒量很好。"草薙做了个喝酒的手势。

"没问题，等案子解决以后吧。"

"话是没错，不过我们不是一刻都不休息。到时我来约你们。"

"那我等你的消息。"

"一定。"草薙说完，从正门离开了。

石神回到走廊，从窗口望着草薙的背影。草薙正拿着手机打电话，至于表情如何，石神无从知晓。

他开始思考刑警来调查不在场证明意味着什么。警方之所以怀疑他，必定有依据。是因为什么呢？石神并不认为草薙是在之前就已经怀疑他了。

从今天的问话来看，草薙还没有接近案子的本质，仍在距真相甚远的地方徘徊。石神没有不在场证明，这一点想必让那个刑警抓到了一些眉目，不过这也无所谓。到目前为止，一切都在石神的预料之中。

问题是……

汤川学的面孔在他脑海中闪过。那个男人暗中追查到了哪一步？准备把案子的真相揭露到何种程度？

几天前，靖子在电话里告诉了他一件奇怪的事：汤川问靖子对石神有何看法，似乎还看出石神对靖子有好感。石神回想起与汤川的几次接触，完全不记得有过什么疏忽之处，能让汤川察觉到他对靖子的感情。然而这个物理学家却发现了，为什么？

石神转身向办公室走去，在走廊上遇到了那名男事务员。

"咦？那位警察呢？"

"问完话了，刚走不久。"

"石神老师，您现在不回家吗？"

"嗯，我还有些事要做。"

事务员似乎很想知道警察都问了什么，但石神撇下他，快步回到了办公室。

坐下后，石神看了看桌子下方，从那里拿出了几个收纳好的文件夹。里面的文件与教学毫无关系，是他数年来致力研究某个数学难题的部分成果。石神将这些文件夹塞进包里，离开了办公室。

"我之前说过，所谓研究，必须是经过观察思考后再得出结论的过程。如果只因为实验结果与预期相符便觉得没有问题了，那只能叫作感悟，而且结果也不可能都如预想的那样。我希望你能在实验中有属于自己的发现。总之，再想想吧，然后重写一份。"汤川极少如此焦躁。他把报告还给默默站在那里的学生，随后用力摇了摇头。学生鞠了一躬，离开了研究室。

"你也有发火的时候啊。"草薙说。

"我不是在发火。学生的研究方式不严谨，我指导一下而已。"汤川站起身，在马克杯里泡起了速溶咖啡，"你查出什么了？"

"我调查了石神的不在场证明。应该说，我直接问了他本人。"

"正面出击吗？"汤川拿着大马克杯，背对洗碗池，"他有什么反应？"

"他说那天晚上一直在家。"

汤川皱起眉，摇了摇头。"我问的是他的反应，不是他的回答。"

"反应……好吧，他看起来倒不怎么慌乱。应该是提前知道警察会去找他，多少做了点心理准备吧。"

"被问到不在场证明时，他有没有觉得奇怪？"

"没有。他没有问我理由，我也不是直接问的。"

"毕竟是石神，他多半已经预料到你会问不在场证明。"汤川自言自语，抿了一口咖啡，"他说那天晚上一直在家？"

"而且还发烧了，第二天上午请假没去学校。"草薙把从学校事务所拿来的石神的考勤表放到桌上。

汤川走过来，在椅子上坐下后拿起考勤表。"第二天上午啊……"

"作案后有各种各样的事情需要善后吧，当然无法去学校了。"

"便当店的那位是什么情况？"

"也仔细查过了。十一日当天，花冈靖子和往常一样在上班。顺便说一句，她女儿也去学校了，没迟到。"

汤川把考勤表放回桌上，抱起双臂。"如果要善后，有什么是必须要做的？"

"比如处理凶器之类的。"

"这种事需要做十几个小时？"

"为什么是十几个小时？"

"十日晚上作案，第二天上午休息，意味着用了十几个小时善后。"

"睡觉也需要时间吧？"

"没有人会在做完善后工作之前睡觉。另外，就算因此通宵不睡，第二天也不会请假，硬撑着也会去上班。"

"……也许是有非请假不可的理由。"

"我正是在思考这个理由。"汤川拿起马克杯。

草薙把桌上的考勤表仔细地按原样折叠好。"有件事我今天一定要问你，你究竟为什么怀疑石神？要是不告诉我，我没法查案。"

"这话说得真奇怪。你不是靠自己查出他对花冈靖子有好感吗？在这一点上，你已经没必要听我的想法了。"

"不行，我有我的立场。向上司报告时，我不能说是全凭胡乱猜测才盯上石神的。"

"仔细排查了花冈靖子周围的人，一个姓石神的数学老师浮出水面——这么说足够了吧？"

"我这么报告过了，所以才去调查石神和花冈靖子的关系，只是目前还没找到能够证明两人关系密切的蛛丝马迹。"

汤川拿着马克杯，闻言笑得晃起身体。"我猜也是这样。"

"你这是什么意思？"

"我没别的意思，只是在说他们确实什么关系都没有。我可以断言，你再怎么查，也查不出任何东西。"

"别说得好像和你无关似的。我们组长早就对石神失去了兴趣，再这么下去，我恐怕没法再自行调查他。所以我希望你能告诉我，你为什么盯上石神。汤川，你就告诉我吧！为什么不能告诉我？"

或许是由于草薙的言辞逐渐恳切，汤川的表情恢复了严肃。他放下马克杯。"我说了也没有意义，对你不会有任何帮助。"

"为什么？"

"我察觉出他与案子有关的契机，和你刚才提了好几次的事情一样：从某些细节里，我察觉到了他对花冈靖子的心意，因此才打算查查他是否有可能参与其中。你可能想问，只是察觉到了石神的心意，为什么就认定他可能涉案？这就是所谓的直觉了。如果对他没有一定程度的了解，一般人很难理解。你不是也经常说什么'警察的直觉'吗？其实是一个意思。"

"真不像是平时的你会说的话，还说什么直觉。"

"偶尔说说不行吗？"

"好吧，那把你是如何发现石神对靖子有意的细节告诉我就行了。"

"我拒绝。"汤川即刻答道。

"喂……"

"这关系到他的尊严，我不想对别人说。"

草薙正叹气时，敲门声响起，一名学生走了进来。

"哦，来了。"汤川招呼那名学生，"突然叫你过来，不好意思。关于前几天的报告，我有话要讲。"

"怎么了吗？"戴着眼镜的学生站直了身子，一动不动。

"你的报告写得相当不错，只有一个地方我想确认一下，你是用凝聚态物理学的理论来描述的，这是为什么？"

学生露出困惑的目光。"因为这是凝聚态物理学的考试……"

汤川苦笑了一声,然后摇摇头。"这场考试实际考的是基本粒子理论,我原本希望你能从这个角度进行探讨。因为是凝聚态物理学的考试,就认定不能使用其他理论,这样是无法成为优秀的学者的。思维定式永远是我们的敌人,它会使原本能看见的东西变得看不见了。"

"我明白了。"学生顺从地点了点头。

"你很优秀,所以我才会给你建议。辛苦了,我的话说完了。"

学生道谢后,离开了研究室。

草薙凝视着汤川。

"怎么了?我脸上沾了什么东西吗?"汤川问道。

"没什么,我只是在想,学者说的话原来都是一样的啊。"

"怎么说?"

"石神也说过类似的话。"草薙把石神关于考题的看法告诉了汤川。

"嗯……受思维定式影响而产生的盲点……的确是他的风格。"汤川笑着说。

然而下一个瞬间,物理学家脸色一变。他突然从椅子上起身,捂着头走到窗边,随后仰起脸,像是在眺望天空。

"喂,汤川……"

汤川伸出手,将掌心朝向草薙,仿佛在说:别打扰我思考。草薙只得看着好友。

"不可能。"汤川低声道,"这是不可能做到的……"

"怎么了?"草薙忍不住问道。

"刚才的那张纸再拿给我看看,就是石神的那张考勤表。"

听了汤川的吩咐,草薙慌忙从怀里掏出折成几折的纸。汤川接过后,瞪着纸面沉吟道:"这……怎么可能……"

"喂,汤川,你在说什么?快告诉我。"

汤川把考勤表还给草薙。"不好意思,今天你先回去吧。"

"什么?你怎么能这样!"草薙抗议道。然而,当他看到汤川的表情,便再也说不出第二句话了。他的好友——这位物理学家的面孔,似乎正因为悲伤和痛苦而扭曲着。草薙从未见汤川脸上出现这样的表情。

"你请回吧。对不起。"汤川再次说道,声音如同呻吟一般。

草薙站起身来。他的疑问堆积如山,但他不得不说服自己,现在唯一能做的就是从好友身边离开。

15

时钟显示着上午七点三十分。石神拿着包出了家门。包里放的是这个世界上他最珍惜的东西——那份他正在研究的数学理论的总结文件。比起"正在研究",说是"一直研究到现在"或许更为准确。他的大学毕业论文也以此为题,直到目前还没能完成。

想要完成这个数学理论,石神估计自己还要花上二十多年。遇到瓶颈的话,也许还要更久。正因如此,石神坚信这项研究值得数学家耗费一生。此外,他自认这世上除了他,再没有人能做到。

如果完全无须考虑其他事,也没有杂务占用时间,可以潜心攻克难题该有多好。石神常常陷入这样的妄想之中。每当他开始担忧这辈子可能都无法完成研究时,就会痛惜把时间花在了无关的事上。

他决定无论去哪里都随身带着这份文件。必须珍惜每一寸光阴,全心投入研究,哪怕只前进一步也好。只要有纸和铅笔,他便能做到。如果能与这项研究朝夕相对,他将别无所求。

石神机械般走在每天通勤的路上。他过了新大桥,沿隅田川前行。右侧排列着用蓝色塑料布搭成的小屋。将白发束于脑后的那个男人在炉子上架起了锅,不知道锅里有什么。男人身旁拴着一条淡褐色的杂种犬,此刻正把屁股对着主人,疲惫不堪地坐在那里。罐头男一如既往地一边将罐子压扁,一边自言自语。他身旁已经有两个装得满满的塑料袋,里面全是空罐头。

石神从罐头男身前走过,看到一张长椅。没人坐在那里。他瞥了一眼,继续埋头走路,步调分毫未变。前方似乎有人朝他走来。往常这个时候,该和那位牵着三只狗的老妇人相遇了,然而来人却不是她。石神下意识地抬起头。

"啊……"他不禁轻呼,停下了脚步。

对方不仅没有停,还一脸笑容地向他走来,直到走到他面前,才终于站住。

"早上好。"汤川学说。

石神一时不知该如何回应。他舔了舔嘴唇,开口道:"你在等我?"

"当然。"汤川仍面带笑容地回答,"也不能说是'等',我刚从清洲桥那头一路闲逛过来,想着也许能和你碰上。"

"看来你有急事?"

"急事……也许吧。"汤川歪着头说。

"现在说吗?"石神看了看手表,"没多少时间了。"

"十分钟,或者十五分钟就够了。"

"能边走边说吗?"

"没问题。"汤川环顾四周,"不过我有些话想在这里说,两三分钟就行。我们去那边的长椅上坐坐吧。"汤川不等石神回应,径直走向了空无一人的长椅。

石神叹了口气,跟在老朋友身后。

"我之前也和你走过这里一次。"汤川说。

"是啊。"

"当时你说过一句话。你看到那些流浪汉,说他们就像时钟一样精确地生活着。记得吗?"

"记得。人一旦从时钟中解放出来,反而会变得精确——你是这么回应的。"

汤川满意地点了点头。"我和你是不可能从时钟里解放出来的,我们都沦为了社会这座时钟里的齿轮。一旦没有了齿轮,时钟就会发生故障。无论多么希望能够随心所欲地独自运转,这个社会也不允许。尽管我们获得了所谓的安定,但不得不承认,我们同时失去了自由。据说有很多流浪汉并不想回归到原先的生活中去。"

"你再说这些没用的话,两三分钟可马上就要到了。"石神看了看手表,"已经过了一分钟。"

"我想说的是,这个世界不存在无用的齿轮,能够决定其用途的只有齿轮自身。"汤川凝视着石神,"你想辞去学校的工作?"

石神吃惊地睁大了眼睛。"你怎么知道?"

"说不上来,就是有这个感觉。我觉得你自己恐怕也不相信,你的使命只是成为一个叫作'数学老师'的齿轮吧。"汤川从长椅上站起身,"我们走吧。"

二人并肩走上隅田川畔的堤坝。石神等待着身旁的老朋友开口。

"听说草薙来找你确认了不在场证明。"

"嗯,应该是在上个星期。"

"他在怀疑你。"

"好像是,但我完全不知道为什么。"

闻言,汤川的嘴角突然泛起笑意。"说实话,他也是半信半疑,见我对你颇为在意，才关注你的。透露隐情给你恐怕不太合适，总之，警方几乎没有怀疑你的根据。"

石神停下脚步。"为什么告诉我这些？"

汤川也站住了，面向石神。"因为你是我的朋友，仅此而已。"

"是朋友就有必要告诉我？为什么？我和这件案子毫无关系，警察怀疑也好，不怀疑也罢，我都无所谓。"

石神听到汤川深深地叹息了一声，又见他轻轻摇头。他的表情似乎带着悲伤，石神不禁心生焦躁。

"不在场证明无关紧要。"汤川平静地说。

"什么？"

"草薙他们一心想着推翻嫌疑人的不在场证明。他们相信如果能抓到花冈靖子不在场证明中的漏洞，那么她就是凶手，终究能真相大白；假如你是她的同谋，那么只要顺便调查你的不在场证明，就能摧毁你们的防线。"

"我完全不明白你为什么要说这些。"石神继续道，"对警察而言，这些流程不是理所应当的吗？当然，前提是像你说的那样，如果她是凶手。"

汤川又笑了笑，说："我听草薙说了一件有趣的事，关于你的出题方式。你会根据考生受思维定式影响而产生的盲点出题。比如，看上去是几何题，其实是函数题。我当时心想，确实是这样。这种题目针对的就是那些不理解数学的本质、习惯照本宣科的学生。乍看之下是几何题，拼命从这个方向去解答，然而却一无所获，唯有时间不断流逝。要说是使坏也真是在使坏，不过这的确能有效测出真正的实力。"

"你想说什么？"

"草薙他们，"汤川的表情恢复了严肃，"以为这次的题目是推翻不在场证明，因为最可疑的人有不在场证明。这么想也是自然，更何况那个不在场证明怎么看都摇摇欲坠，好像随时都能推翻。找到突破口并由此发起进攻，是人之常情。我们做研究时也是如此，但在科研的世界里往往会发生一种情况，即这个突破口其实完全不着边际。草薙他们也同样落入了这个陷阱。不，应该说他们是被推入了这个陷阱。"

"对侦查方针有疑问的话，你应该向草薙警官提议，而不是对我说吧？"

"我当然会和他说，不过在此之前，我想先告诉你。至于理由，我刚刚已经说过了。"

"因为我是你的朋友。"

"更进一步说，是因为我不想失去你的才华。我希望你赶紧处理完这些麻烦，专心做你该做的事，我不希望你的天赋浪费在这种无谓的事情上。"

"不用你说，我也不会把时间浪费在无谓的事上。"石神说着，再次迈开脚步。他并非害怕上班迟到，而是觉得留在这里是一种折磨。

汤川跟在他身后。"想要解决这件案子，问题不在于推翻不在场证明，而是另一个完全不同的方向。这两者的差异，比几何与函数的区别还大。"

"顺便问一下，你认为问题是什么呢？"石神边向前走边问道。

"很难用一句话概括，非要解释的话，类似于迷彩的作用。这是障眼法，侦查员被凶手们的障眼法蒙蔽了，以为是线索的东西其实都不是。在自以为抓住了关键的瞬间，已经中了凶手的圈套。"

"听起来很复杂。"

"是很复杂，但稍微换一个角度，问题就会变得异常简单。普通人想把障眼法做得复杂，却往往因画蛇添足而自掘坟墓。可是天才不会这么做，他们的选择通常极为简单，但又在常理之外，用普通人绝不会采取的方法，一口气将问题复杂化。"

"物理学家不是都很讨厌抽象的表述吗？"

"那我就说一点儿具体细节吧。你时间还够吗？"

"来得及。"

"能顺便去一趟便当店吗？"

石神瞥了汤川一眼，又将视线投向前方。"我不是每天都去那里买便当。"

"是吗？我听说你几乎每天都去。"

"你就是因为这个，才把我和案子联系起来的？"

"可以这么说，但也不太准确。就算你每天都去同一家店买便当，我也不会有任何想法，不过，如果是每天都去见一位特定的女性，那就不能视若无睹了。"

石神停下脚步，对汤川怒目而视。"你以为对老朋友说什么都可以吗？"

汤川没有避开对方的目光，迎面看向石神视线的双眼蕴含着力量。"你真的生气了？感觉你心里很不平静。"

"无聊透顶。"石神迈开脚步。

走近清洲桥，两人登上了面前的台阶。

"在发现尸体的现场附近，有一些被烧毁的衣物，警方怀疑是被害人的。"汤川跟着石神，继续说道，"警方在方形金属桶里发现了尚未烧尽的部分，推测是凶手所为。最初听到这个情况时，我在想凶手为什么不待在那里，直到衣物彻底烧完？草薙他们认为凶手想尽快离开现场，但如果是这样，凶手完全可以先带走衣物，再慢慢处理。还是说，凶手以为衣物能很快烧完？思考过后，我便有些在意，于是决定实际操作一次。"

石神再次停下脚步。"你烧了衣服？"

"而且是在方形金属桶里烧的。夹克、毛衣、裤子、袜子，嗯……还有内衣。虽说都是二手的，也是一笔额外支出。和你们数学家不一样，我们的习惯是不做实验心里就不痛快。"

"结果呢？"

"衣服上冒出有毒气体，同时火烧得非常旺。"汤川说，"全都烧光了，也就一眨眼的工夫，可能还不到五分钟。"

"所以？"

"凶手为什么连这五分钟也等不及？"

"谁知道呢？"石神踏上最后一级台阶，在清洲桥路往左拐，方向与弁天亭正好相反。

"不买便当吗？"汤川果然发问了。

"你真是麻烦。不是说了吗，我不是每天都去。"石神眉头紧锁。

"好吧，你有午饭就行。"汤川站到石神身边，"在尸体旁边还发现了自行车。经过调查，自行车是停在篠崎站后被偷的，上面有疑似被害人留下的指纹。"

"这又怎么了？"

"连尸体的面容都毁了，却忘了擦掉自行车上的指纹，世上还真有这么粗心的凶手啊。如果是故意留下的，情况就完全不同了。凶手的目的是什么？"

"你觉得是什么？"

"为了把自行车和被害人联系起来吧。警方一旦认定这辆自行车与案子无关,将对凶手极为不利。"

"为什么?"

"因为凶手希望警方掌握的情况是,被害人骑自行车从篠崎站去了现场,而且还不能是普通的自行车。"

"现场发现的不是普通的自行车?"

"的确是随处可见的女式自行车,不过只有一个特征,那就是车看起来像新买的一样。"

石神感到全身的毛孔都张开了。他艰难地控制着呼吸,尽力不让它变得粗重。

"早上好。"听到打招呼的声音,石神吓了一跳。一个骑着自行车的女高中生正要从他身后经过。她朝石神微微点头致意。

"啊,早上好。"石神慌忙回应。

"真令人感动,我以为现在已经没有学生向老师问好了。"汤川说。

"几乎没有了。对了,车看起来像新买的,这又意味着什么?"

"警方似乎认为要偷还是偷新车为好,然而个中原因并非如此简单。凶手在意的,是自行车从什么时候开始停在篠崎站。"

"怎么说?"

"对凶手而言,在车站一放就是好几天的自行车没有意义,而且希望车主能出面报案,为此必须瞄准新车。很少有人把新买的车长时间停在那里,而一旦新车失窃,车主很可能报案。这些并非掩饰罪行的绝对条件,站在凶手的角度,只是抱着'能成功自然最好'的心态,选择了一个可以提高成功率的方法。"

"哦……"石神对汤川的推理没有表态,只是径直向前走。不久，两人来到学校附近，人行道上开始出现学生的身影。

"你的话好像很有趣，我本想再多听一会儿，"石神停下来，转身面向汤川，"不过今天就到此为止吧？我不想让学生们听到。"

"嗯，那先到这里，而且我已经把大致的想法传达了。"

"很有意思。"石神说，"之前你给我出过一道题：制造一个解不开的难题和解开这个难题，究竟哪个更难？你还记得吗？"

"记得。我的答案是，制造问题更难。我认为解题的人必须始终对出题的人保持敬意。"

"原来如此。那么 $P \neq NP$ 问题呢？自己思考得出答案，与确认从他人那里听到的答案是否正确，哪个更容易？"

汤川面露惊讶，似乎不明白石神的意图。

"你已经先给出了答案，接下来该轮到你去听别人的答案了。"说着，石神指向了汤川的胸口。

"石神……"

"好了，就到这里吧。"石神转身背对汤川，迈开了脚步，夹着包的胳膊使足了劲。

已经到这一步了吗？石神想。那个物理学家已经看穿了一切……

直到吃杏仁豆腐作为饭后甜点时，美里仍然一声不吭。靖子有些不安，心想还是不该把女儿带来。

"吃饱了吗，美里？"工藤搭话道。今晚他始终小心翼翼的。

美里看都不看他，只顾把勺子上的杏仁豆腐往嘴里送，闻言点了点头。

靖子等人去的是银座的一家中餐馆。工藤嘱咐务必带上美里，靖子才硬将不情不愿的美里拉出了家门。女儿已经到了读中学的年纪，再对她说"能吃到好吃的东西"也没用了。最后，靖子以"表现得不够自然的话，会被警察怀疑"为由，说服了美里。

这样做或许只会让工藤感到不快，靖子后悔了。用餐过程中，工藤想方设法和美里说话，但直到最后美里也没有好好回应一句。

美里吃完杏仁豆腐，对靖子说："我去一下卫生间。"

"好。"

等美里离开后，靖子立刻朝工藤双手合十，致歉道："对不起，工藤先生。"

"对不起什么？"工藤似乎颇感意外，虽然多半是装出来的。

"那孩子比较怕生，而且好像特别抗拒成年男人。"

工藤笑了笑。"我不指望马上就能和她处好关系，我初中时也是这样。今天能见个面就很好了。"

"谢谢您。"

工藤点点头，从挂在椅背上的外衣的口袋里掏出烟和打火机。用餐途中他一直忍着没抽，大概也是因为美里在。

"后来有什么变化吗？"抽完一支烟后，工藤问道。

"变化？"

"我说案子。"

"哦……"靖子垂下视线，很快又看向工藤，"没什么变化，还是照常过日子。"

"那就好。警察没再去过？"

"这段时间倒是没有，也没来我们店里。工藤先生呢？"

"也没来我这里，看来是解除嫌疑了。"工藤把烟灰弹进烟灰缸，"不过，有件事我有点不放心。"

"什么事?"

"嗯……"工藤显得有些迟疑,说道,"我最近经常接起电话却没人说话,打的还是家里的固定电话。"

"怎么回事?是谁这么讨厌?"靖子皱起眉头。

"然后……"工藤犹犹豫豫地从外衣口袋里拿出一张类似便条的纸,"我还在信箱里发现了这个。"

看到纸上的文字,靖子不禁打了个冷战。上面写着她的名字,内容如下:

不准靠近花冈靖子,能给她幸福的不是你这种男人。

"是邮寄过来的吗?"

"不是,看样子是有人直接投进来的。"

"您……有什么头绪吗?"

"完全没有,所以想问问你。"

"我也没有……"靖子拿过包,从里面取出一块手帕。她的掌心已经开始冒汗了。

"信箱里只有这个?"

"还有一张照片。"

"照片?"

"是那次我和你在品川见面时的照片,应该是在酒店停车场里拍的,但我当时没有察觉。"工藤困惑地侧着头。

靖子忍不住环视四周,但怎么可能有人在店里监视?

见美里回来,两人没再谈论这个话题。一出店门,花冈母女便与工藤道别,乘上了出租车。

"饭菜很可口，对吧？"靖子对女儿说。

美里仍是一副在怄气的样子，默不作声。

"你老是这副表情，很没礼貌。"

"那别带我来不就好了吗？我都说了不想来。"

"可人家难得邀请我们，怎么能不来呢？"

"你一个人来不就行了？反正以后我是不会再来了。"

靖子叹了口气。工藤似乎相信只要过段时间，美里一定会打开心扉，但她却觉得希望渺茫。

"妈妈，你是要和那个人结婚吗？"美里突然问道。

靠在椅背上的靖子直起身。"你在说什么？"

"我是认真的，你是想和他结婚吧？"

"没有。"

"真的？"

"当然，我们只是偶尔见见面。"

"那就好。"美里转向窗外。

"你想说什么？"

"没什么。"美里缓缓朝靖子转过身，"我只是在想，如果背叛了那个大叔，会很麻烦吧。"

"那个大叔是……"

美里注视着母亲的眼睛，又默默地低下了头，似乎想说：就是隔壁的那个大叔。之所以没说出口，大概是怕司机听见。

"这种事不用你操心。"靖子靠回椅背上。

美里"哦"了一声，看上去并不相信。

靖子开始思考石神的事。不用美里说，靖子也对石神颇为顾忌，从工藤那里听到的那件怪事让她觉得很不对劲。

靖子能想到的人只有一个。工藤送她回公寓时，石神在一旁注视着他们，那双目光阴沉的眼睛，仍鲜明地印刻在靖子的记忆中。

靖子与工藤见面，很有可能令石神妒火中烧。他帮忙掩盖罪行，到现在还保护着花冈母女，没有让她们被警察逮捕，都是因为他对靖子有超乎寻常的感情。

骚扰工藤的人果然是石神吗？如果是，他准备怎么对付自己呢？靖子忐忑不安。难道他打算以同谋的身份为把柄，掌控自己未来的人生吗？别说与其他男人结婚了，就连交往也不允许吗？

幸亏有石神，靖子才得以逃脱警方的追查，对此她非常感激，但如果她因此一辈子也逃不出石神的掌控，努力隐瞒罪行又有什么意义？这与富樫还在时的情形并无不同，敌人不过是从富樫变成了石神，而且是她绝对无法摆脱和忤逆的。

出租车驶到了公寓前。靖子和女儿踏上公寓的楼梯，只见石神家亮着灯。一进家门，靖子便开始换衣服。片刻后，隔壁传来了开关房门的声音。

"你看，"美里说，"今天晚上大叔也等了很久。"

"我当然知道。"靖子的语气不由得生硬起来。

几分钟后，手机响了。

"喂？"靖子接通了电话。

"我是石神。"手机里传出预料之中的声音，"现在方便通话吗？"

"嗯。"

"今天也没有特别的情况吧？"

"嗯，没有。"

"是吗？那就好。"靖子听出石神长舒了一口气。"我有一些事必须告诉你。第一，我在你家门口的信箱里投了三封信，稍后请你确认一下。"

"信?"靖子看了看门口。

"这三封信将来会派上用场,务必好好保管,可以吗?"

"好的。"

"关于信的用途,我写在便条上,一并投进了信箱。不用我多说吧,事后请务必把这张便条处理掉,明白了吗?"

"明白。要不我现在去看一下?"

"等会儿再看也不迟。还有一件事,非常重要。"石神说完,停顿了片刻。靖子觉得他似乎在犹豫什么。

"什么事?"靖子问道。

"像现在这样联系,"石神开口道,"就到今天这个电话为止了。我不会再主动联系你,自然,你也不能给我打电话。今后无论我发生了什么,你也好,你女儿也好,都请保持旁观者的身份。这是拯救你们的唯一办法。"

石神说到一半时,靖子已经感到心跳加速。

"石神先生,这……到底发生什么事了?"

"你迟早会知道的,现在还是不说为好。总之,你绝对不要忘记我刚才的话,记住了吗?"

"等等,能不能请您稍微解释一下?"

美里似乎从靖子的神态中察觉到了异常,也来到近旁。

"没有必要解释。好了,我挂了。"

"可是——"靖子还未说完,电话已经挂断了。

草薙的手机响起时,他和岸谷两人正在车上。草薙坐在副驾驶座,把椅背放到最低。听到铃声,他没有调回椅背,半躺着接通了电话。"我是草薙。"

"是我,间宫。"手机里传来了组长嘶哑的声音,"马上来一趟江户川警察局。"

"有什么发现吗?"

"不,有客人,来了一位先生,说要见你。"

"客人?"草薙瞬间想,莫非是汤川?

"是石神,就是住在花冈靖子隔壁的那位高中老师。"

"石神要见我?电话里说不行吗?"

"不行。"间宫语气强硬,"他来是有重要的事。"

"你知道是什么事吗?"

"他说详细情况只对你一个人说,所以你赶紧给我回来。"

"我这就回去。"草薙捂住话筒,拍了拍岸谷的肩,"组长让我们回去。"

"他说人是他杀的。"间宫的声音再次响起。

"什么?"

"他说他杀死了富樫。石神是来自首的。"

"不会吧!"草薙猛地直起了上半身。

16

石神面无表情地看着草薙。不，只能说他的视线在草薙身上，但并没有聚焦。或许他在用心里的眼睛凝视着远方某处，而草薙只是碰巧坐在对面。石神那完美抹杀了一切情感的面孔，使人不由得产生了这种感觉。

"我第一次见到那个男人是三月十日。"石神开始叙述，语气不带丝毫起伏，"我从学校回到公寓，看到他在门口转来转去，好像想进花冈小姐家，还不停在门上的信箱里摸索。"

"不好意思，我打断一下，那个男人是指……"

"那个姓富樫的人。当时我还不知道他的姓氏。"石神的嘴角带着微微的笑意。

审讯室里只有草薙和岸谷，岸谷在邻桌做着记录。石神拒绝其他警察在场，理由是如果被不同的人问各种问题，他无法有条理地说明白。

"我觉得有点奇怪，就打了个招呼。他马上慌张起来，说有事要找花冈靖子。他还说自己是她丈夫，两人正在分居。我立刻判断出那是谎话，但假装相信了，想让他放松警惕。"

"请等一下，你怎么知道他在说谎？"草薙问道。

石神轻轻吸了口气。"因为我知道花冈靖子的所有情况。她离了婚，还到处躲避前夫，这些事我全都一清二楚。"

"你为什么知道得那么清楚？你是她的邻居，但我听说你们几乎没有往来，你只是她工作的便当店的常客。"

"这只是表面上的关系。"

"表面上？"

石神伸直腰杆，稍稍挺起了胸膛。"我是花冈靖子的私人保镖。保护她，不让接近她的坏男人伤害她，是我的职责。不过，我不太想让大家知道，毕竟我还是个高中老师。"

"所以我第一次去问话时，你对我说你们之间几乎没有往来？"

草薙一问，石神轻轻叹了口气。"你来找我，不就是为了调查富樫被杀的案子吗？我怎么能说真话？说了马上便会被怀疑。"

"原来如此。"草薙点点头，"那好，你说你是私人保镖，花冈靖子女士的情况你都一清二楚，是吗？"

"没错。"

"也就是说，你过去就和她有过密切接触？"

"是的。我再三强调，我们的关系是保密的。她有女儿，为了不让那孩子察觉，我们总是谨慎又巧妙地私下联系。"

"具体是怎么做的？"

"有各种各样的方法。你们想先知道这个吗？"石神眼中露出试探般的目光。

草薙觉得这其中定有蹊跷。石神与花冈靖子一直在秘密地联系，这一说法太过突然，而且背后的依据也模糊不清。他现在只想知道到底发生了什么。"

"那就稍后再问吧。关于你和富樫先生的对话,请说得再详细一点。刚才你说到,他自称是花冈女士的丈夫,你假装相信了他。"

"他问我知不知道花冈靖子去哪里了,我说她们现在不住在这里,因为工作关系不得不搬家,前不久刚刚搬走。听我这么说,他非常吃惊,又问我知不知道她们现在住的地方,我说知道。"

"你告诉他在哪里?"

听了草薙的问题,石神微微一笑。"篠崎,我告诉他,她们搬去了旧江户川沿岸的公寓。"

原来篠崎在这里出现了,草薙想。"光这么说,对方还是不明白吧?"

"富樫当然想知道详细地址。我让他在外面等着,自己进屋,一边查看地图,一边在便条上抄写下地址,写的是污水处理场附近的一处地方。我把便条递给他,那家伙高兴坏了,说我帮了他的大忙。"

"你为什么要写那里的地址?"

"自然是为了把那家伙引到没人的地方。我从以前就很熟悉污水处理场一带。"

"请等一下。这么说,你从见到富樫先生的那一刻起,就决定杀掉他?"草薙凝视石神,对方的这番话令他震惊。

"当然。"石神毫不动摇地答道,"就像刚才说的,我必须保护花冈靖子。一旦出现想伤害她的男人,必须尽快铲除。这是我的使命。"

"你确信富樫先生会伤害花冈女士?"

"不是确信,是知道。花冈靖子一直饱受那个家伙的折磨。她是为了躲富樫才搬来这里，成了我的邻居。"

"这些是花冈女士告诉你的？"

"我说了，我是通过特殊的联系方式得知的。"

石神的叙述一气呵成。想必在决定自首前，他已经在脑海里演练多次。但他的话中有许多不自然之处，至少与草薙对他的印象大相径庭。

"你把便条给了他之后呢？"草薙决定先听后续。

"那家伙问我知不知道花冈靖子工作的地方。我回答说不清楚具体地点，但听说是一家饮食店。我又告诉他，花冈靖子通常晚上十一点左右才结束工作，她女儿会在店里等她下班。这些自然都是我瞎编的。"

"为什么？"

"为了限制他的行动。就算是人烟稀少的地方，如果他去得太早也会很麻烦。如果知道花冈靖子要工作到晚上十一点，女儿也不提早回家，他应该就不会在那之前去公寓了。"

"打断一下。"草薙伸手示意石神，"你一瞬间就把这些事情都想好了？"

"是的。怎么了？"

"没什么……我只是很佩服你，当下能考虑到这么多事。"

"这没什么大不了的。"石神恢复严肃的表情，"那家伙一心想见花冈靖子，我只需要利用他这种心理即可，不是什么难事。"

"也许对你来说不是。"草薙舔了一下嘴唇，"后来呢？"

"最后，我把我的手机号码告诉他了，并和他说找不到的话，就来联系我。如果有人这么热心，多少会觉得奇怪吧？可那家伙却丝毫没有起疑。真是蠢到家了。"

"谁也想不到初次见面的人会突然对自己产生杀意。"

"正因为是初次见面,才更应该觉得可疑。那家伙却把我随便写的纸条郑重其事地收进口袋,步子轻快地走了。我确定他离开后,便进屋开始准备。"说到这里,石神慢条斯理地拿起了茶杯。茶水已经有些凉了,他仍喝得津津有味。

"准备什么?"草薙催促石神。

"没什么,只是换一身便于活动的装束,然后静候时机到来。趁着这段时间,我仔细计划了怎样才能确确实实地干掉那个家伙。研究完各种方法后,我选择了绞杀,这最为可靠。无论是刺杀还是将他打死,身上都不可避免要溅上血,况且我也没有自信能一击毙命。不仅如此,绞杀的凶器也好入手,只是必须结实才行,所以我决定用被炉的电源线。"

"明明还有很多结实的绳子,为什么用电源线?"

"我考虑过用领带或是打包用的塑料绳,但都很容易滑脱,也担心会松散。被炉的电源线最合适。"

"然后你就拿着去现场了?"

石神点头。"我晚上十点左右出了家门。除了凶器,还随身带着美工刀和一次性打火机。去车站途中,我在垃圾场里找到一些蓝色塑料布,也叠好一并带走了。随后,我乘电车到瑞江站,在那里拦下一辆出租车,去了旧江户川附近。"

"瑞江站?不是篠崎站?"

"在篠崎站下车,如果和那个男人撞上,不就麻烦了吗?"石神轻巧地答道,"我下出租车的地方离告诉那家伙的地点很远。总之,必须要注意的是在达成目的之前,不能让他发现我。"

"下了出租车以后呢?"

"我走到那家伙应该会出现的地方,一路上尽量避人耳目。其实途中一个行人也没有,不用那么小心。"石神说着,抿了一口茶,"到堤坝没多久,手机就响了,是那家伙打来的。他说到了纸条上的地址,但怎么也找不到公寓。我问他在哪里,那家伙答得可认真了,也没注意到我在慢慢接近。我说我再查一下地址,叫他稍等,就挂断了电话。其实我当时是在确认他的位置,很快发现他懒散地坐在堤坝旁的草丛里。我慢慢走近他身后,留心着不发出脚步声。那家伙完全没察觉。等我站到他背后,他才终于意识到,但那时我已经用电源线勒住他的脖子。他开始奋力挣扎,我拼命勒着,他很快就瘫软下来了。真的很简单。"石神的目光落在茶杯上,杯子已经空了。"能给我续一杯吗?"

岸谷站起身,倒上了茶壶里的茶。石神低头道谢。

"被害人体格强壮,也就四十来岁,要是拼命挣扎,没那么容易勒死吧?"草薙质疑道。

石神仍然面无表情,只是微微眯了眯眼睛。"我是柔道社的顾问。就算对方身形高大,从后面偷袭的话,很容易将其制服。"

草薙点点头,看向石神的耳朵。他是"菜花耳",这也是柔道家的勋章。许多警察的耳朵也是这样。

"杀完人之后呢?"草薙问。

"必须要做的是隐瞒死者身份。我知道一旦查明这一点,嫌疑就会落到花冈靖子身上。我先用随身携带的美工刀一边划一边脱下死者的衣服,然后准备破坏死者的面部。"石神语气平稳,"我捡来一块大石头,把塑料布盖到死者脸上,用力砸了好几下。次数记不清了,大概有十次吧。接着我用一次性打火机烧毁了死者的指纹。做完这些后,我拿着脱下来的衣服离开了现场。到堤坝时,我碰巧发现一个方形金属桶，便决定把衣物塞进去烧了，没想到火势比我预想中的还大。我担心会引来别人，没等烧完就急匆匆地走了。走到有公交车的大路上，我拦下一辆出租车，先去了东京站，然后改乘另一辆出租车回家。回到公寓应该已经过了十二点。"说到这里，石神长出了一口气。"我交代完了。电源线、美工刀和一次性打火机，现在都在我家。"

草薙斜眼看着岸谷记录要点，拿出一支烟叼在嘴里。他点上烟，一边吐着烟一边注视石神。从石神眼中，他无法读出任何情感。

石神的供述没有疑点，对尸体的模样和现场状况的描述也与警方掌握的情况一致。其中大量细节尚未公开，如果说他是编造的，反而不可能。

"你是否对花冈女士说过，你杀了富樫先生？"草薙问。

"怎么可能？"石神答道，"如果说了，她告诉别人就麻烦了。女人总是难以保守秘密。"

"这么说，你和她没有聊过这件案子？"

"当然。要是让你们发现了我和她的关系，事情就难办了，因此一直以来我们都避免直接接触。"

"你刚才说，你和花冈女士一直在用不为人知的方法联系，是什么方法？"

"有好几种，一种是她说给我听。"

"是在什么地方见面吗？"

"我们不会这么做，容易被人看到，不是吗？她在自己家里说话，我通过设备听。"

"设备？"

"我家有一面墙正好贴着她们的房间，我在那面墙上安装了收音器。我就用这个听。"

岸谷停止记录,抬起了头。草薙明白他想说什么。"这属于窃听吧?"

石神难以接受似的皱起眉,摇了摇头。"这不是窃听,我是在听她倾诉。"

"花冈女士知道有收音器?"

"她可能不知道,但她是朝着我这边的墙说话。"

"你认为她在对你说话?"

"是的。她有个女儿,自然不能明目张胆地对着我说,只好假装和女儿说话,其实是在向我传递信息。"

草薙指间的烟已燃尽大半。他把烟灰弹进烟灰缸,与岸谷对视了一眼。年轻的刑警此刻正歪着头,一脸困惑。

"是花冈女士对你说的吗?说她假装和女儿说话,其实是在对你倾诉。"

"不说我也知道,她的事我都知道。"石神点了点头。

"也就是说,她并没有这么说过,这只是你的凭空想象,对吗?"

"这怎么可能?"原本面无表情的石神,脸色终于有了变化,"她被前夫折磨的事,我就是从她的倾诉里得知的。她对女儿说这些有什么意义?她是因为想让我听到才说的,她在请求我为她做些什么。"

草薙朝石神做出安抚的手势,另一只手摁灭了烟头。"还用了什么其他方法联系吗?"

"电话。我每天晚上都打电话。"

"打往她家吗?"

"给她的手机打,但我们并不会在电话里交谈。我只是拨出电话,让铃声响起。如果她有紧急情况，就会接电话，没有就不接。铃声响过五次后，我便挂断。这是我们之间的约定。"

"你们之间？她也知道这种方式？"

"是的，这是以前说好的。"

"我们会向花冈女士确认。"

"这样最好，事实可以更确凿。"石神用充满自信的口吻说完，猛地收了收下巴。

"刚才说的这些，我们以后还会请你多重复几遍，接下来要制作书面供述。"

"嗯，要我说几次我就说几次，这也没办法。"

"最后，我想再问个问题。"草薙十指交握，双手放到桌上，"你为什么自首？"

石神深吸了一口气。"我不应该自首吗？"

"我问的不是这个。既然选择自首，总该有相应的理由或契机，我想知道的是这个。"

石神冷笑一声，说："这与你的工作无关吧？凶手受到良心的谴责来自首不就行了，还需要其他理由？"

"看你的样子，我不觉得你受到了良心的谴责。"

"如果你是想问我有没有负罪感，那我不得不说，这和负罪感不太一样，但我的确很后悔做出那种事。要是知道她会背叛我，我也不会杀人。"

"背叛？"

"那个女人……花冈靖子，"石神稍稍抬起下巴，继续说道，"她背叛了我。明明是我帮她解决了前夫，她却和别的男人交往。如果没有听她倾诉烦恼，我不会做出那种事。她说过想杀掉那个男人。

我替她杀了人,说起来她可是同谋。你们应该把花冈靖子也抓起来。"

为了证实石神的供述,警方搜查了石神家。这期间,草薙决定和岸谷一起询问花冈靖子。靖子已经回家了,美里也在,但另一名刑警把她带了出去。不是怕她听到冲击性的内容,而是警方也准备向她问话。

靖子得知石神自首一事,呼吸一滞,瞪大了眼睛,一句话也说不出来。

"很意外吗?"草薙观察着她的表情,问道。

"我完全没想到。他为什么要杀富樫……"

"您不知道原因?"

草薙的质疑令靖子露出了似是困惑又似是犹豫的复杂表情,仿佛有什么话不愿说出口。

"石神说他是为了您才杀人的。"

靖子皱起眉头,一脸为难,随后长出了一口气。

"看来您想起什么了。"

靖子轻轻点头。"我知道他好像对我有特别的感情,可没想到他竟然会做那样的事……"

"可他说一直和您保持着联系。"

"我和他?"靖子的表情阴沉下来,"没那回事。"

"你们应该通过电话吧?而且是每天晚上。"

草薙把石神的供述转告给靖子,她随即面容扭曲。"打那些电话的人果然是他。"

"您不知道?"

"我猜测是他,但并不能确信,毕竟对方没有自报姓名。"

据靖子所言，第一通电话打来的时间在约三个月前。对方没有自报姓名，直接说了一些干涉靖子私生活的话。内容涉及隐私，如果平时不对她进行密切观察，根本不可能知道。是跟踪狂——意识到这一点，靖子非常害怕，但怎样解决这件事，她毫无头绪。此后，类似的电话又打来过几次，她都没接。有一次，她不小心接通了，只听对方说道："我知道你很忙，接不了电话。既然如此，我们就这样约定吧，我每晚都给你打电话，如果你有事想告诉我，就接起电话。我至少会让铃声响五次，在这之前接就行了。"

靖子答应了。自那以后，每晚都会响起电话铃声，好像是从公用电话亭打来的。靖子没有接起过。

"从声音听不出是石神吗？"

"我们之前几乎没说过话，在电话里也只交谈过一次，直到现在我对他的声音都没什么印象。而且我怎么也没想到那个人会做这种事，更何况他还是个高中老师。"

"现在的社会，老师也有各种各样的。"岸谷在草薙身旁说道，随即低下头，像是在为插嘴道歉。草薙想起这个后辈从开始查案就一直袒护花冈靖子，石神自首想必让他放下心来。

"除了电话，还有其他情况吗？"草薙问。

靖子说了声"稍等"，起身从橱柜的抽屉里拿出信封。

信封共有三个，上面没有写寄信人和收信地址，只在正面写着"花冈靖子女士收"。

"这是……"

"放在门上的信箱里的，还有其他几封都被我扔了。我看电视里说，留着这种证据，以后打起官司来会比较有利。虽然觉得恶心，还是保留了这三封。"

"请让我看看。"草薙说着,打开了信封。

每个信封里各有一张便笺,上面的文字是打印出来的,内容不长。

最近,你的妆浓了一些,衣服也很花哨。这不符合你的风格。朴素的打扮更适合你。还有,回家时间变晚了,也让我很在意。工作结束后就赶紧回家。

你有什么烦恼吧?如果有,希望你告诉我,不要有顾虑。我就是为了这个才每晚给你打电话。我可以给你提供很多建议,其他人是不可信的。绝对不能相信他们。你只听我说的就好。

我有不祥的预感。你是不是背叛了我?我相信你绝对不会这么做,但如果是真的,我决不会原谅你。只有我才是你的战友,只有我才能保护你。

草薙读完后,将便笺放回信封。"可以由我们来保管吗?"
"请便。"
"还有类似的异常情况吗?"
"我是没有了……"靖子支支吾吾起来。
"是令爱遇到过什么事情吗?"
"不,是工藤先生……"
"工藤邦明先生吗?他怎么了?"
"前几天我们见面时,他说收到了一封奇怪的信。寄信人不明,内容是警告他不要接近我,好像还有一张偷拍的照片。"

"他那边也……"

从目前掌握的情况来看，寄这封信的人只可能是石神。草薙想起了汤川学，他好像对身为学者的石神非常敬重。如果听闻这个朋友是跟踪狂，不知道他会多震惊。

敲门声响起。靖子说了声"请进"，门立刻打开了，一名年轻刑警探进头来。他是负责搜查石神家的小组成员之一。"草薙警官，请过来一下。"

"知道了。"草薙点点头，站起身来。

草薙来到隔壁，间宫正坐在那里等他。书桌上有一台打开的电脑。几名年轻刑警正往纸箱里装各种东西。

间宫指了指书架旁的墙壁。"看看这个。"

"啊……"草薙不禁惊呼。

墙上剥下了一块二十厘米见方的墙纸，下面的墙板也被切割下来，露出一根电线，线的一端连着耳机。

"戴上试试。"

草薙按间宫的指示，将耳机塞入耳朵，随即便听到了说话声。

（只要能证实石神的供述，我想后面的进展就快了，今后打扰花冈女士的次数也会减少。）

是岸谷在说话。虽然有些许杂音，但听得相当清楚，令人不敢相信声音来自墙的另一侧。

（石神先生会被判什么罪？）

（这要看审判结果。他杀了人，就算不判死刑，也不可能轻易出狱。花冈女士应该不会再被他纠缠了。)

岸谷身为刑警,话说得太多了。草薙想着,摘下了耳机。

"稍后把这个给花冈靖子看看。按照石神的说法,她应该知道有这东西,但怎么可能呢?"间宫说。

"你的意思是,花冈靖子完全不知道石神做了什么?"

"你和她的对话,我在这里都听到了。"间宫看着墙上的收音器,撇嘴一笑,"石神是个典型的跟踪狂,自以为和靖子心意相通,想除掉所有接近她的男人。前夫应该是他最憎恨的对象吧。"

"哦……"

"怎么了?一副闷闷不乐的样子,什么让你不满意?"

"没有,只是我自以为已经了解石神这个人的秉性,而我对他的看法和他供述的内容实在相去甚远,所以我很困惑。"

"人总是有好几张面孔。跟踪狂的真实身份一旦被揭露,往往出人意料。"

"我明白,只是……除了收音器,还有什么发现吗?"

间宫用力点了点头。"我们还发现了被炉的电源线,和暖桌一起收在箱子里。是编织软电线,和勒死富樫的凶器一致。只要上面沾有一点被害人的皮屑,就可以结案了。"

"其他还有吗?"

"你来看看这个。"间宫移动着鼠标。他动作笨拙,看来是临时学的。"就是这个。"

间宫打开一个文档,草薙凑近细看。

这个与你频繁见面的男人,我已经查清他的来历。我拍下照片，想必你应该明白我的意思。

我想问你和这个男人是什么关系？

如果是恋爱关系，那你无疑背叛了我。

你想想我都为你做了什么？

我有权命令你，马上和这个男人分手。否则，我的怒火将会烧向他。

让他经历和富樫相同的命运，对现在的我而言易如反掌。我做好了这个心理准备，也有办法实现。

再重复一遍，如果你在和这个男人谈恋爱，我决不会原谅这种背叛。我一定会报复。

17

汤川站在窗边,一动不动地凝视着窗外,背影透出一股惋惜和孤独的感觉。虽然明白这是因为得知久别重逢的老朋友犯罪而大受打击,但在草薙看来,似乎有另一种不同的情绪掌控了他。

"草薙,"汤川低声说道,"你相信那些话吗?石神的供述。"

"作为警察,我没有怀疑的理由。"草薙说,"依照他的证词,我们正在从多个角度进行查证。今天我去了离他公寓不远的公用电话亭。根据他的说法,他每晚就是在那里给花冈靖子打电话的。那附近有个杂货店,店主说见过像是石神的人。近来很少有人打公用电话了,所以店主印象深刻,还表示有好几次看到石神正在打电话。"

汤川缓缓转身,面向草薙。"别用'作为警察'这种含糊不清的表述。我是在问你,你相不相信,我不管你们的搜查方针。"

草薙点点头,叹了口气。"老实说,我难以理解。他的供述中没有矛盾,一切合情合理,可我还是无法接受。简单来说,我不认为他会做那种事,这就是我的感受。我也这么对上司说了,但毫无用处。"

"警方的高层肯定认为顺利抓到凶手就好。"

"但凡有一个明确的疑点,情况会截然不同,但现在完全没有。他的供述无懈可击。比如,问到为什么没有擦去自行车上的指纹,他回答说根本就不知道被害人是骑自行车去现场的,结果还是毫无疏漏。所有事实都显示石神没有说谎,这种情况下,无论我说什么,侦查工作都不可能从头再来。"

"简而言之,你内心无法认可,但还是会服从多数人的意见,认为石神就是凶手?"

"你别这么阴阳怪气的。相比情感,更重视事实依据,这不正是你一贯的理念吗?逻辑上说得通,就算情感上无法认可,也不得不接受,这才是科学工作者的基本素质——这可是你一直挂在嘴边的话。"

汤川轻轻摇着头,坐到草薙对面。"最后一次见到石神时,他给我出了一道数学题,叫 $P \neq NP$ 问题,即自己思考得出答案,与确认从他人那里听到的答案是否正确,哪个更容易。这是一道著名的难题。"

草薙皱起眉头。"这是数学题吗?听上去像是哲学题。"

"你听好了。石神向你们提出了一个答案,也就是自首并供述那些内容。他全力开动脑筋,想出了这个怎么看都像是正确的答案。如果全盘接受,将意味着你们就此败北。按照规则,现在该轮到你们全力以赴,判断他给出的答案是否正确。你们正在接受来自他的挑战和考验。"

"正因如此,我们才做了各种查证工作。"

"你们只是在顺着他的证明方法走。你们该做的,是找到是否还有其他答案。除了他给出的答案,再无其他可能——只有证明到这一步,才能断言那是唯一的答案。"

从汤川强硬的语气中,草薙感受到了他的焦躁。这位一贯沉着冷静的物理学家,极少显露这样的情绪。

"你的意思是石神说谎了,凶手不是他?"

汤川闻言皱起了眉头,垂下双眼。草薙注视着他,继续说道:"你这样断言的依据是什么?如果你有你的推理,那就告诉我。还是说,因为他是你的老朋友,你不愿接受他是凶手的事实?"

汤川站了起来,转身背对草薙。

"汤川……"草薙叫他。

"不愿相信也是事实。"汤川说,"我记得之前说过,那个男人重视逻辑,对他来说感情是次要的。他一旦认定能有效解决问题,无论什么事都做得出来。但说到杀人,而且杀的还是与他毫不相干的人……还是超乎我的想象。"

"你只是依据这个吗?"

汤川转过身瞪着草薙,目光中流露的不是愤怒,而是悲伤与痛苦。"不愿相信但不得不接受事实,世事有时就是如此,我非常清楚这一点。"

"那你还是认为石神是清白的?"

面对草薙的质问,汤川的表情扭曲起来,他轻轻摇了摇头。"不,我不会这么说。"

"我知道你想说什么。杀害富樫的人是花冈靖子,石神只是在包庇她,对吧?但随着调查的深入,这个可能性越来越小了。多项物证显示,石神是个跟踪狂。他再怎么想包庇花冈靖子,我也很难相信他能伪装到这个程度。最重要的是,世界上真的有人愿意为别人顶替杀人罪吗？靖子不是石神的家人，也不是他的妻子，这个女人甚至算不上是他的恋人。就算有心包庇，也的确出手帮她掩盖了罪行，但如果事情难以顺利推进，自然会死心。这才是所谓的人性。"

汤川睁大了眼睛，像是突然意识到了什么。"如果事情难以顺利推进，自然会死心——一般人都是这样。包庇到最后一刻，是极其困难的。"汤川注视着远方，轻声说道，"石神也一样，他非常清楚这一点，所以……"

"所以什么？"

"不，"汤川摇摇头，"没什么。"

"站在我的立场，我不得不认为石神是凶手。除非有新的事实出现，否则调查方针不可能改变。"

汤川没有回应，只是摩挲着脸，深深地叹了口气。"他……选择了在监狱里度过一生吗……"

"既然杀了人，这是理所当然的。"

"是啊……"汤川垂下头，一动不动。不久，他保持着这个姿势说道："对不起，你先回去吧。我有点累了。"

汤川的样子怎么看都很奇怪，草薙想问他到底怎么了，但最终还是默默地从椅子上站了起来。他确实觉得汤川已经疲惫不堪。

草薙离开第十三研究室，走在晦暗的走廊里，这时一个年轻人从楼梯上来了。此人有些瘦，相貌稍显神经质。草薙认识他，他是汤川的研究生，姓常磐。之前汤川外出时，正是他告诉草薙，汤川去了篠崎站。

常磐也注意到了草薙，微微点头致意后，正要从草薙身边走过。

"等一下。"草薙叫住了他。常磐一脸疑惑地回过头，草薙笑着对他说:"我想问你一点儿事,你有时间吗?"

常磐看了看手表,说:"就一会儿的话,没问题。"

他们离开物理研究室所在的校舍,来到理科生常就餐的食堂。在自动售货机上买好咖啡,二人隔着桌子面对面坐了下来。

"这个可比你们研究室的速溶咖啡好喝多了。"草薙抿了一口纸杯里的咖啡。为了缓和对方的紧张情绪,他故意这样说道。

常磐笑了笑,脸颊还是紧紧绷着。

草薙本想再和他闲聊,又觉得在这种氛围下毫无意义,便决定直接切入正题。

"我想问的与汤川副教授有关,"草薙说,"最近他有什么异常情况吗?"

常磐一脸迷茫。草薙想,看来这个问法不太合适。

"他有没有在调查什么?或是去过什么与他工作无关的地方?"

常磐歪着头,像是在认真地回忆。

草薙笑着说:"当然,并不是那家伙和什么案子有牵连。解释起来有点困难,总之我感觉汤川对我有顾虑,他有事瞒着我。你也清楚,那家伙非常别扭。"

不知这样的解释对方能接受多少,只见这名研究生微微笑着点了点头,也许是对"别扭"一词深感赞同。

"我也不确定老师是不是在调查什么,不过前些日子,老师给图书馆打过电话。"

"图书馆?大学的?"

常磐点点头。"好像是询问图书馆里有没有报纸。"

"报纸?既然是图书馆,报纸总归是有的吧?"

"话是这么说,但汤川老师想知道图书馆的旧报纸会保存多长时间。"

"旧报纸啊……"

"不过也不是很久以前的报纸。我记得他问对方能不能看到这个月的所有报纸。"

"这个月……结果呢？图书馆有吗？"

"应该都有，老师好像马上就去拿了。"

草薙点点头，向常磐道谢。他端起还剩近一半咖啡的纸杯，站了起来。

帝都大学的图书馆是一栋三层小楼。草薙还在这里读书时，只来过几次，他甚至不清楚这栋楼是否翻修过。图书馆在他看来仍是崭新的。

一进门便是前台，那里坐着一名女管理员。草薙向她打听汤川副教授查阅报纸一事，对方露出怀疑的神色。

草薙只好拿出警察手册。"不是汤川老师出了什么事，我只是想知道当时他读了什么报道。"这种问法很刻意，可他实在想不出其他表述方式。

"我记得他说想读三月份的报道。"管理员语气谨慎。

"三月份的什么报道？"

"这个就不太清楚了。"说着，管理员像是想起了什么，微微张开嘴，"他当时说，只要社会版面就行。"

"社会版面……请问报纸放在哪里？"

"请来这边。"管理员带草薙来到放有一排排陈列架的地方，叠好的报纸收在这些架子上。据管理员介绍，每十天的摞成一叠。

"我们这里只有过去一个月的报纸，更早的都处理了。以前会留着，现在上网搜索就能看到过去的报道。"

"汤川他——汤川老师说查看过去一个月的就够了？"

"对，说是三月十日以后的就行。"

"三月十日？"

"我记得他是这么说的。"

"这里的报纸能让我看看吗？"

"请。看完后麻烦告诉我一声。"

管理员转身的同时，草薙抽出一叠报纸放到了旁边的桌子上。他准备从三月十日的社会版面看起。

三月十日正是富樫慎二遇害当天。汤川果然是为了调查那件案子才来图书馆，只是他想通过报纸确认什么？

草薙寻找着相关报道。最早的一条消息出现在三月十一日的晚报上，随后十三日的早报刊登了死者身份，但并没有后续。再次报道案情，便是石神自首一事。

汤川关注的是报道中的哪一点？

草薙仔细地把这几则报道反复读了好几遍，报道数量不多，而且每一篇都平淡无奇。关于这件案子，汤川从草薙这里得到的消息都比报道多，按道理说，他没必要再来查看这些。

草薙看着面前的报纸，环抱起双臂。

他本就不相信汤川查案还需要依靠新闻报道。现在这个时代，几乎每天都会发生命案，除非有重大进展，否则报纸上极少连篇累牍地长期报道同一件案子。富樫遇害的案子也是如此，在世人看来，这并不稀奇。汤川不可能不知道这一点。

但是，这个男人不会做没意义的事。

草薙对汤川说了那番话，但他内心仍难以断定石神是凶手。他无法消除警方已经误入歧途的不安。他觉得汤川知道警方错在哪里。

这位物理学家曾几次帮助身为警察的草薙他们，这次应该也有行之有效的建议。如果是这样，他为什么不说出来？

草薙收好报纸，向管理员打了声招呼。

"有没有帮上您的忙？"管理员忐忑不安地问道。

"还行吧。"草薙含糊地回答。

草薙正要离开时，管理员说道："汤川老师还找过地方报纸。"

"嗯？"草薙回过头，"地方报纸？"

"是的。他问我这里有没有千叶和埼玉的地方报纸，我说没有。"

"他还问了什么？"

"没有了，我记得只问了这些。"

"千叶和埼玉……"

草薙怀着难以释然的心情离开了图书馆。他完全不明白汤川在想什么。为什么还要看地方报纸？难道这一切都只是他的臆断，其实汤川的目的与案子无关？

草薙一路思索着走回停车场。今天他是开车来的。

草薙坐到驾驶座上，正准备发动引擎，只见汤川从校舍里出来了。汤川没有穿白大褂，而是穿着一件藏蓝色的夹克。他似乎忧心忡忡，目不斜视地径直向小门走去。

目送汤川出门左转后，草薙发动了汽车。车缓缓驶出校门时，汤川正好拦下一辆出租车。出租车开走的同时，草薙也驶上了马路。

汤川单身，多数时间都在大学度过。回家也没什么事可做，读书也好运动也好，都是在学校里更方便——这是汤川的说辞，他还说这样吃饭也方便。

看了看表，现在还不到下午五点。难以想象汤川会这么早回家。

草薙一路尾随，并记下了出租车的公司和车牌号。万一跟丢了，之后也能查到汤川的下车地点。

出租车一路向东行驶。路上有些堵,两车之间不时有其他车插入驶出,不过好在没有因为等红绿灯而拉开距离。不久,出租车驶过日本桥,在即将横穿隅田川的地方停了下来。再往前便是石神住的公寓。

草薙把车停靠到路边,暗暗观察汤川的举动。汤川走下新大桥旁的台阶,看来并不是要去公寓。草薙迅速环视四周,寻找可以停车的地方。幸好路边有几个停车位空着,草薙在那里停好车,急忙向汤川追去。

汤川慢慢走向隅田川的下游。他看上去正在散步,不像是有事的样子。他不时将目光投向那些流浪汉,但从未驻足。走过流浪汉的那片居所,汤川停下了脚步。他两肘撑在河边的栅栏上,突然转头看向草薙。

草薙有点畏缩,汤川却毫不吃惊,甚至露出了浅浅的笑容,大概早就发现有人跟踪他。

草薙大步走近。"原来你知道。"

"你的车太显眼了。"汤川说,"那么老的天际线,现在很少能看到了。"

"你知道我跟踪你,才在这里下车?还是一开始你的目的地就是这里?"

"两种说法都对,也都不完全对。我一开始的目的地确实是这里,发现你的车之后,我稍微改了下车地点。我想带你来这里。"

"带我来这里做什么?"草薙迅速扫视四周。

"我和石神最后一次交谈就是在这里。当时我对他说,这个世界不存在无用的齿轮,能够决定其用途的只有齿轮自身。"

"齿轮？"

"随后我向他抛出了我对案子的几个疑问，他的态度是不予置评。与我告别后，他便给出了答案，就是自首。"

"你是说他听了你的话之后死心了，于是来自首了？"

"死心……从某种意义上来说，也许是死心，但也是他最后的王牌，不是吗？这张王牌真的是他精心打造的。"

"你对石神说了什么？"

"我说了，我们聊了关于齿轮的话题。"

"你不是还抛出了各种疑问吗？我问的是这个。"

汤川露出略显落寞的微笑，缓缓摇了摇头。"那些都无所谓了。"

"无所谓？"

"重要的是齿轮。他听到这个以后，才决定去自首。"

草薙重重地叹了口气。"你在学校的图书馆里查过报纸吧？为什么？"

"常磐说的？你连我的行动都不放过啊。"

"我不想这么做，可你什么都不告诉我。"

"我没有生气。这毕竟是你的工作，我的事你可以尽管去查。"

草薙注视着汤川，片刻后低下了头。"拜托了，汤川，别故弄玄虚了，你肯定知道些什么，告诉我吧！石神不是真凶，对吧？既然如此，让他背负这种罪名，你觉得合理吗？你不希望昔日的好友沦落成杀人犯吧？"

"你把头抬起来。"

听了汤川的话，草薙抬头看向他，不由得心里一惊。眼前是物理学家那张因痛苦而扭曲的面孔。他扶着额头，双眼紧闭。

"我当然不希望他沦为杀人犯，但一切已经无可挽回了。究竟为什么会变成这样……"

"你这么痛苦到底是为了什么？为什么不坦率地告诉我？我可是你的朋友啊！"

汤川睁开眼，表情依然严肃。"是朋友，也是警察。"

草薙无言以对。他第一次感到与这位多年的好友之间产生了隔阂。正因为是警察，当朋友露出前所未有的苦恼表情时，他甚至无法询问理由。

"我要去找花冈靖子一趟。"汤川说，"一起吗？"

"我可以一起去？"

"没问题，不过可以不插话吗？"

"……知道了。"

汤川迅速转身迈开了脚步，草薙紧随其后。汤川原本的目的地似乎是弁天亭。他打算找花冈靖子说什么呢？草薙按捺住追问的心思，沉默地向前走。

汤川在清洲桥前上了台阶，草薙跟在后面，只见汤川在台阶上等他。"那栋写字楼，"汤川指着近旁的大楼，"入口处有一扇玻璃门，看见了吗？"

草薙向那里张望。玻璃门上映出了两人的身影。

"看到了，怎么了？"

"案子刚发生后，我和石神见面那次，也像现在这样，望着映在玻璃上的影子。其实，要不是石神说，我都没有注意到。直到那一刻为止，我都完全没把他和案子关联起来，只想着时隔多年，还能与我的好对手重逢，当时我甚至高兴得有些忘乎所以了。"

"难道你只是看到玻璃上的影子，就对他产生了怀疑？"

"他当时说：你看起来一直都那么年轻，与我完全不同，头发也很浓密。他似乎对自己的头发有点在意，这让我很吃惊。石神绝不是那种在意外表的人。他一贯坚持人的价值不是用那种东西来衡量的，也不会过有必要注重外表的生活。而这样的石神却开始在意容貌了。他的确头发稀疏，但居然哀叹这种早已无法改变的东西。由此我意识到，石神正处在一种不得不在意外表和相貌的情形之中，换言之，他恋爱了。可他怎么会在这种地方唐突地说出那些话？是突然在意起外表了吗？"

草薙已经察觉汤川想要说什么。"因为他马上就要见到心仪的女人。"

汤川点了点头。"我也这么认为。我猜测那个在便当店工作、住在隔壁、前夫遇害的女人，就是他的意中人。但这样会出现一个巨大的疑问——石神对案子的态度。他理应无比在意，可又像是纯粹的旁观者。难道恋爱的事只是我想多了？于是我又见了石神一面，和他一起去了便当店。我想可以从他的态度看出些什么。结果一个意想不到的人物出现了，就是那个与花冈靖子相识的男人。"

"是工藤。"草薙说，"他正在和花冈靖子交往。"

"好像是。石神看着这个姓工藤的人和花冈靖子交谈，当时他的神情……"汤川皱着眉摇了摇头，"由此我确信花冈靖子就是他爱慕的对象。他无法掩饰表情中的忌妒。"

"可如此一来，又出现了那个疑问。"

"没错，能够解释这个矛盾的理由只有一个。"

"石神和这个案子有关——原来你是因为这些，才开始怀疑他的。"草薙再次望向大楼的玻璃门，"你真可怕。石神一定没想到，这一丝破绽足以致命。"

"无论过去多少年，他鲜明的个性都令我记忆犹新，不然我也不会注意到。"

"总之,是那家伙不走运啊。"草薙说完,向马路走去。他很快发现汤川并未跟上来,便又停住了。"不是要去弁天亭吗?"

汤川垂着头走近草薙。"我想提一个对你来说非常过分的要求,可以吗?"

草薙苦笑起来。"这要看是什么要求了。"

"你能暂时放下警察的身份,单纯作为一个朋友听我说吗?"

"什么意思?"

"我有话想对你说,是对我的朋友,而不是对警察。我希望你不要把我的话告诉任何人,无论上司、搭档还是家人,都不可以。你能保证吗?"汤川藏在镜片后的目光充满恳切,让人觉得是有某种隐情,迫使他不得不在最后一刻做出决断。

草薙本想说"得看是什么内容",但他没有说出口。他知道一旦这么说,眼前这个男人便不会再将他当作朋友。

"明白了。"草薙说,"我保证。"

18

目送买了炸鸡便当的顾客走出店门后,靖子看了看时间,还有几分钟就到下午六点了。她舒了口气,摘下帽子。

工藤约她下班后见面,白天时给她的手机打了电话。

"是为了庆祝。"工藤的语气颇为兴奋。靖子问庆祝什么,他答道:"那还用说吗?当然是庆祝真凶落网啊。这样一来,你终于能从案子里解脱,我也不需要再刻意避嫌,更不用担心警察来纠缠不休了。我们去好好干一杯吧!"

工藤的声音听起来甚至有些轻浮。他不知道实情,如此兴奋也是理所当然,但靖子实在无心附和,说道:"我没这个心情。"

工藤问她原因,见她沉默不语,工藤似乎想到了什么。"哦,我懂了。虽说已经离婚了,但被害人和你毕竟有很深的关系。说庆祝实在太不谨慎,我道歉。"

工藤完全误会了,但靖子依旧沉默。

工藤再次开口:"我还有一件重要的事想和你说,今天晚上请你务必和我见个面,好吗?"

靖子想拒绝，她没有这个心情。对于替她自首的石神，她满怀愧疚，可对于工藤，她也说不出拒绝的话。工藤说的重要的事究竟是什么？

最终，两人约好由工藤下午六点半左右去接靖子。工藤的话里透出希望美里也能来的意思，但靖子委婉地拒绝了。现在不能让美里和工藤见面。

靖子给家里的固定电话留言，说今晚会迟一些回来。一想到美里听到留言不知会作何感想，靖子就觉得心情沉重。

到了六点，靖子摘下围裙，和在后厨的小代子打了声招呼。

"啊，已经这个时间了。"提前吃完晚饭的小代子看了看表，"辛苦了，剩下的事你就不用管了。

"那我先走了。"靖子叠好围裙。

"你要去见工藤先生吧？"小代子小声问道。

"啊？"

"白天不是有个电话吗？是约会邀请，对不对？"

靖子无言以对，只好一声不吭。

"真好啊。"大概是误会了什么，小代子感慨道，"那件奇怪的案子解决了，还能和工藤先生这样的好男人交往，好运气终于来了。"

"是这样吗……"

"一定是的！你吃了那么多苦，就算是为了美里，今后你也一定要幸福。"

小代子的话令靖子的心隐隐作痛。对方打从心底盼望朋友能够得到幸福，却不曾想过这个朋友是杀人凶手。

"明天见。"靖子离开了厨房，她不知该如何面对小代子。

出了弁天亭，靖子走上与归途相反的方向。她与工藤约在街角的家庭餐馆见面。其实靖子不想选那家店，因为当初和富樫约定的地点也是那里，但工藤说那里最容易找，靖子很难开口让他换地方。

头顶上方是首都高速公路。从下面穿过时，有人从背后叫住了她："花冈女士！"是一个男人的声音。

靖子停下来，回头看见两个男人正向她走来。这两个人她都见过，一个是汤川，自称石神的老朋友，另一个是刑警草薙。靖子不明白他们怎么会一起出现。

"您还记得我吗？"汤川问道。

靖子来回打量着二人，点了点头。

"接下来您有时间吗？"

"那个……"靖子做了个看表的动作。其实她心里很紧张，并没有注意看时间。"我和人约好要见面。"

"是吗？三十分钟也可以，能否听我说几句话？这非常重要。"

"可我……"靖子摇头。

"十五分钟怎么样？十分钟也足够了。我们就去那里的长椅上坐一下就好。"说着，汤川指了指旁边的小公园，那里是利用高速公路下方的空间建成的。

汤川语调平和，却表现出不容分说的态度。直觉告诉靖子，对方要说一件重要的事。上次遇见这位大学副教授时也是如此，他口吻轻快，却给靖子带来了巨大的压力。

想要逃走，这是靖子的真心话，可她又很好奇对方究竟想说什么，肯定与石神有关。

"好，就十分钟。"

"太好了。"汤川莞尔一笑，先一步走进了公园。

见靖子犹豫不决，草薙伸手说了声"请"，似是在催她。靖子点点头,跟在了汤川身后。那个警察的沉默也让人心惊。

汤川在双人长椅上坐下,空出了靖子的位子。

"你到那边去。"汤川对草薙说,"我要和她单独谈谈。"

草薙有些不满地努了努下巴,但还是走回公园入口那边,掏出了香烟。

靖子顾忌着草薙,在汤川身边坐下。"那位先生不是警察吗?这样不要紧吗?"

"没关系,本来我就打算一个人来。对我来说,他是警察,但更是我的朋友。"

"朋友?"

"我们是大学时的朋友,"汤川说着,露出了洁白的牙齿,"所以他和石神也是校友。不过两人在这次的事发生之前从未见过。"

靖子想,原来是这样。不过她还是不太明白,这位副教授为什么要因为这件案子专门去见石神。

石神什么也没透露,但靖子觉得他的计划之所以会出现破绽,正是因为这位汤川的介入。和警察是校友,还拥有共同的朋友,这一点大概是石神没有料到的。

这个男人究竟想说什么?

"石神选择自首真是令人遗憾。"汤川一开口便直指核心,"一想到那么有才华的人,从此只能在监狱里度过余生,同为研究者,我真的觉得非常可惜和懊恼。"

靖子没有回应,只是握紧了膝盖上的双手。

"但是,我怎么也无法相信,他会对你做出那种事。"

靖子感到汤川转向了她,身体不由得僵硬起来。

"我想象不到他会对你做出那样卑劣的事。说'无法相信'不太贴切，我更确定的是，我应该说'根本不相信这一切'。他……石神说谎了。他为什么要说谎？连杀人犯的污名都背负了，说谎又有什么意义？但他还是说了。只有一种可能：他说这个谎，不是为了自己，而是为某个人隐瞒了事实。"

靖子咽了一口唾沫，拼命调整呼吸。她觉得这个男人已经隐隐察觉到了真相：石神是在包庇某个人，真凶另有其人。他想救石神，为此该如何是好？最直接的方法就是让真凶自首，出来坦白一切。

靖子战战兢兢地瞥了汤川一眼，只见他竟然在笑。

"看来，你以为我是来劝说你的。"

"没有……"靖子摇了摇头，"而且我有什么值得您劝说的？"

"也是，我这话说得奇怪了。非常抱歉。"汤川低头致歉，"不过，有件事我希望你能知道，所以才来找你。"

"什么事？"

"就是……"汤川停顿片刻后说，"关于真相，你其实一无所知。"

靖子吃惊地瞪大了眼睛。

汤川已经收起笑容。"你的不在场证明恐怕是真的。"他继续说道，"你确实和令爱去过电影院，否则在警方执着的追查之下，不说你，还是初中生的女儿绝对招架不住。你们并没有说谎。"

"没错，我们没有说谎，所以呢？"

"你应该会觉得奇怪，为什么不用说谎？为什么警方的追查这么松懈？他……石神已经设计好了，让你们面对警察的询问时只用实话实说；也想到办法使警方无论如何推进侦查，都没有针对你们的决定性证据。石神到最后做了什么，恐怕你并不知情，只是觉得石神用了一个巧妙的诡计，但并不清楚具体内容。我没说错吧？"

"我完全不懂您在说什么。"靖子勉强笑了笑，但她心知自己的脸颊在抽搐。

"为了保护你们,他做出了巨大的牺牲,是你我这样的普通人无法想象的。或许他从一开始就下定决心,做好了在最坏的情况下替你们顶罪的准备。这是他一切计划的前提。反过来说,这个前提必须贯彻始终,但又非常苛刻,谁都有可能在中途退缩。石神也明白这一点,于是他自断后路,让自己在紧要关头无法反悔。这也是那个令人震惊的诡计本身。"

汤川的话令靖子脑中一片混乱。她完全无法理解汤川在说什么,但有一种预感:她将受到极大的冲击。

如汤川所言,靖子确实对石神的计划一无所知,也很奇怪警方为何没有死死地盯着她不放。她甚至觉得,警察三番五次的盘问全都不着边际。

而这一切,汤川都知道……

汤川看了看手表,也许是有些在意还剩下多少时间。

"告诉你这件事,我其实也很于心不安。"汤川表情痛苦,"石神决不希望如此。无论发生了什么,他只希望你不要知道真相。这不是为了他自己,而是为了你。一旦知道真相,你将背负比现在更大的痛苦度过余生。但我必须向你吐露实情。如果我不告诉你他有多么爱你,又是如何为你赌上他的全部人生,那他得到的回报未免太少了。这不是他的本意,但我无法忍受你始终一无所知。"

靖子的心受到强烈的震撼,她呼吸困难,似乎随时都有可能晕倒。她不知道汤川还会说出什么,但从他的口吻也能察觉出,真相远远超出普通人的想象。

"究竟是怎么回事?既然要说就请快点。"靖子言辞强硬,声音却在微微发颤。

"那件案子……旧江户川命案的真凶……"汤川做了一个深呼吸,"的确是他,是石神。不是你也不是令爱,人就是石神杀的,他并非含冤自首。石神正是真凶。"

靖子似乎没有听懂汤川的话,一副茫然的样子。汤川见状补充道:"那具尸体不是你的前夫富樫慎二,而是另一个毫不相干的人,只不过被伪装成了他。"

靖子皱起眉头,她还是不明白汤川的意思。当她凝视着在镜片后闪烁的那双眼睛流露出的悲切目光,突然明白了一切。靖子深吸一口气,用手捂住嘴,极度的震惊使她险些尖叫出声。全身的血液都在翻滚涌动,又在瞬间轰然退去。

"看样子,你终于明白了。"汤川说,"没错,石神为了保护你,制造了另一起杀人案。案子发生在三月十日,是真正的富樫慎二遇害的第二天。"

靖子几近晕厥,连坐着也觉得吃力。她手脚冰凉,全身泛起鸡皮疙瘩。

看着花冈靖子的模样,草薙推测她已经从汤川那里听到了真相。隔这么远都能清晰地看到她脸色煞白。这也难怪,草薙想,听到那些话没有人会不吃惊,更何况她还是当事人之一。

其实连草薙到现在也没能完全相信。刚才第一次听汤川说明时,他只觉得难以置信。在那种情况下,汤川绝对不可能开玩笑,但他还是感到不可思议。

"这不可能,"草薙说,"为掩盖花冈靖子杀了人而杀掉另一个人?天底下哪有人会干出这种蠢事!即便真是如此,死掉的那个人是谁？"

草薙话音刚落，只见汤川满脸悲痛地摇了摇头。"我不知道他是谁，但我知道他从哪里来。"

"什么意思？"

"这世上有一种人，就算突然下落不明也不会有人寻找，不会有人为他担心，自然更不会有人报案。这种人多半早已与家人断绝关系，独自在外生活。"汤川指向他们刚经过的堤坝旁的那条小路，"这种人，你刚才不也见到了吗？"

草薙一时并未理解汤川的话。他顺着汤川手指的方向望去时，脑中突然灵光一闪。他屏住了呼吸。"流浪汉？"

汤川没有点头，只说道："你有没有注意到那个收空罐头的人？对住在这附近的流浪汉，他全部了如指掌。我向他打探过，据他所言，一个月前来了个新伙伴。说是伙伴，不过是住在同一个地方罢了。这个人没有用塑料布搭小屋，也不愿直接睡在瓦楞纸上。收空罐头的大叔告诉我，来这儿的人一开始都是这样。人似乎总是难以抛弃自尊。不过他说这也只是时间问题。有一天，那个人没有任何征兆地消失了。大叔有点在意，不知发生了什么，但也仅此而已。其他流浪汉应该也发现了，可是谁也没有提这件事。在他们的世界里，某个人在某一天突然消失，早已是家常便饭。顺便说一句——"汤川继续道："那人是在三月十日前后不见踪影的，五十岁左右，体形中等，有点中年发福。"

在旧江户川发现尸体，是在三月十一日。

"案子的来龙去脉我不清楚，总之石神在得知花冈靖子犯罪后，决定帮她掩盖罪行。他知道光处理尸体还不够，一旦尸体的身份暴露，警方必定会找到她。她和她的女儿不可能永远置身事外。于是石神制订了这个计划,另外准备一具尸体,误导警方,让他们以为是富樫慎二。警方应该会逐步查明被害人在何时何地死于何种手法,然而调查越是深入,花冈靖子的嫌疑就越小。这是自然,死者本就不是她杀的——这并非富樫慎二的命案,警方在调查的一直都是另一件完全不同的案子。"

汤川平淡地讲述着一个让人无法相信会真实发生的故事。草薙边听边不停摇头。

"能想到这么惊人的计划,大概是由于石神平日里经常从这里经过。每天望着这群流浪汉,他心里应该在想,他们到底是为什么而活着?就这样日复一日地等待死亡吗?他们死了,也不会有任何人关心和悲伤吧——不过,这只是我的想象。"

"所以石神觉得杀了他们也无所谓?"草薙确认道。

"他不会这么想,不过有一点不可否认,即石神在思考对策时考虑到了他们。我以前应该跟你说过,只要合乎逻辑,无论多残酷的事,他都做得出来。"

"原来杀人是合乎逻辑的。"

"他要的是'一具他杀的尸体'这块碎片。要想完成拼图,这块碎片必不可少。"

草薙怎么都无法理解。眼前这个像是给学生讲课一般口吻淡漠的汤川,让草薙感到陌生。

"花冈靖子杀害富樫慎二的次日清晨,石神找到一个流浪汉。我不知道他们怎样交谈的,可以肯定的是,石神给了他一个打零工的机会,让他去富樫慎二租的旅馆房间里消磨时间,一直待到晚上。前一天夜里,石神应该就已经彻底清除了富樫慎二住过的痕迹,屋里留下的只有那个流浪汉的指纹和毛发。当天夜里,他穿上石神给他的衣服,来到了指定地点。"

"篠崎站吗?"

汤川闻言摇了摇头。"不,应该是前一站,瑞江站。"

"瑞江站?"

"石神从篠崎站偷走自行车后,去瑞江站与流浪汉会合。他很可能准备了另一辆自行车。两人骑车到了旧江户川的堤坝后,石神将对方杀害。毁容自然是为了掩盖死者并不是富樫慎二。不过,他的确不用刻意烧掉尸体的指纹,毕竟出租屋里到处都是指纹,即便不这么做,警方也会误以为死者是富樫慎二。如果不把指纹也一起毁掉,凶手的行为便失去了一致性,因此必须烧去指纹。他又担心警方确认身份会大费周折,特意在自行车上留下了指纹。方形金属桶里的衣服没有烧完,应该也是出于同样的理由。"

"但这样的话,就没必要偷新车了。"

"偷新车是为了以防万一。"

"以防万一?"

"对石神来说,最重要的是警方能正确推算出作案时间。依靠尸体解剖能够获得较为准确的死亡时间,但他最担心的是万一尸体发现得太晚,对死亡时间的估算范围会扩大,甚至可能到前一天晚上,也就是九日夜里。这对他们来说极为不利,因为花冈母女正是在那天晚上杀害了富樫。如果警方问起来,她们没有任何不在场证明。为了防止出现这种情况,石神需要一个证据来证明自行车至少是在十日以后才失窃的,因此石神选中了那辆自行车。不太会在外面停一天以上,且失窃后车主有可能精准记忆失窃日期的,自然只有新车了。"

"原来那辆自行车有这么多意义。"草薙用拳头敲了敲额头。

"听说发现的时候，自行车的两个轮胎都被戳破了？这也是石神才会有的顾虑，为了防止有人把车骑走。他为了保证花冈母女的不在场证明无懈可击，费尽了心思。"

"可这个不在场证明并不完美，至今我们都没有找到她们当晚在电影院的决定性证据。"

"但你们也没有她一定不在电影院的证据吧？"汤川指着草薙，"看似能推翻却怎么也推翻不了的不在场证明，这正是石神设下的圈套。如果不在场证明牢不可破，警方反而会怀疑是不是用了什么诡计。在此过程中，没准会想到被害人可能并非富樫慎二。石神害怕的就是这一点。死者是富樫慎二，嫌疑人是花冈靖子——他制造了这样一种假象，使警方深陷其中，无法摆脱思维定式。"

草薙沉吟着。确实如汤川所言，判明死者是富樫慎二之后，他们立刻开始怀疑花冈靖子。她的不在场证明中有不够明确的地方，所以警方一直在怀疑她。这也意味着警方深信死者是富樫慎二。

"真是个可怕的男人。"草薙低声道。

"我也有同感。"汤川说，"我之所以能意识到这个可怕的诡计，还是你给我的提示。"

"我给的？"

"石神不是有一套出数学考题的理念吗？就是根据受思维定式影响而产生的盲点出题，看上去是几何题，其实是函数题。"

"这怎么了？"

"这件案子同样如此。看上去是利用不在场证明，其实是在隐藏死者身份上设置了诡计。"

草薙不禁"啊"了一声。

"还记得后来你给我看了石神的考勤表吗？根据那张表，他在三月十日上午请了假，没去学校。你觉得这与案子无关，便没有重视，但我看了以后，意识到前一晚发生的事才是石神想掩盖的关键所在。"

石神想掩盖的关键所在——花冈靖子杀害了富樫慎二。

汤川的推理从头到尾都严丝合缝。仔细一想，他之前在意的自行车失窃一事和那些没有烧完的衣物，都与案子的真相关系重大。草薙不得不承认，他们这些警察始终被困在石神设计的迷宫里。

草薙依然觉得一切不可思议。为了掩盖一桩命案，不惜犯下另一桩命案——真的有人会想出这样的事吗？如果正因为没人会想得出来，才成为诡计，那他也无话可说。

"这个诡计还有一个重大意义，"汤川似乎看穿了草薙的内心，"那就是可以让石神坚定决心：一旦真相有被揭穿的危险，就代替花冈母女自首。如果只是替别人顶罪，恐怕到了关键时刻会有所动摇，也可能因为招架不住警察的反复盘问而吐露真相。现在他没有这种担心了。无论由谁来审讯，他的决心都无法动摇，他一定会坚称是他杀了人。这是自然，旧江户川的死者确实是他杀的。他是杀人凶手，坐牢也是理所应当。同时，他得以完美地保护了一个人，一个他心底深深爱着的人。"

"石神已经知道诡计被识破了？"

"是我告诉他的，我识破了他的诡计。当然，用的是只有他才能明白的说法。同样的话我刚才也对你说过——这个世界不存在无用的齿轮，能够决定其用途的只有齿轮自身。齿轮指什么，你现在应该明白了吧？"

"是那个被石神用来当作拼图碎片的无名氏？"

"石神做的事不可饶恕，他理应自首。我提到齿轮，也是为了劝说他这么做,但我没想到他会以这样的方式自首。为了保护她,甚至把自己贬低成跟踪狂……知道这件事之后,我才意识到了诡计的另一个意义。"

"富樫慎二的尸体在哪里?"

"我不知道,石神应该已经处理掉了。也许已经被其他县的警察发现了,也许还没有。"

"其他县的警察?你是说不在我们辖区?"

"石神应该会避开警视厅管辖的区域,他不想让人联想到富樫慎二的命案。"

"所以你才会去图书馆查阅报纸,想确认最近有没有身份不明的尸体。"

"仅以我的调查来看,似乎还没有发现与情况吻合的尸体。不过迟早会发现,在藏尸方式上,他应该没下多大功夫,因为就算发现了,也不用担心死者会被认定为富樫慎二。"

草薙说"我马上去查",汤川却摇摇头,说:"不行,这样就违反了我们的约定。一开始不就说好了吗?我是把这些事告诉我的朋友,而不是告诉警察。如果你根据我的说法展开调查,今后我们就不再是朋友了。"

汤川目光严肃,草薙从中感觉不到一丝反驳的可能。

"我想在她身上赌一把。"汤川说着指向了弁天亭,"她大概还不知道真相,不知道石神做出了多大的牺牲。我打算把这些告诉她,然后等待她的决定。石神一定希望她毫不知情,今后找到属于自己的幸福。可我无法接受,我认为她必须知道。"

"你的意思是,她得知真相后会去自首?"

"我不知道。我并非很坚持她应该去自首。想到石神,我又觉得至少能拯救她也好。"

"如果花冈靖子一直不来自首,我只好展开调查,哪怕这样会破坏我和你的友谊。"

"我想也是。"汤川点点头。

草薙望着和花冈靖子交谈的好友,一支接一支地抽着烟。靖子垂着头,姿势从刚才就几乎没有变过。汤川也只是动着嘴唇,表情并无丝毫变化。草薙甚至能感受到笼罩在两人身上的紧张氛围。

汤川站起身,朝靖子行了一礼后,向草薙这边走来。靖子仍保持着原来的姿势,看起来像是无法动弹。

"久等了。"汤川说。

"话说完了?"

"嗯,说完了。"

"她准备怎么办?"

"不知道。我只是将真相告诉她,既没问她后续打算,也没给她建议。一切都由她自己来决定。"

"刚才我说了,如果她不来自首……"

"我知道。"汤川伸手阻止对方再说下去,同时迈开了脚步,"你不用再说了。我倒是有一件事想拜托你。"

"你想见石神一面?"

听草薙这么说,汤川稍稍睁大了眼睛。"你很了解我啊。"

"当然,我们都是多少年的朋友了。"

"这叫心有灵犀吗?也是,至少现在我们还是朋友。"汤川说着,略显寂寞地笑了。

19

靖子仍坐在长椅上，动弹不得。那位物理学家的话压在她的身上，内容太有冲击性，比什么都沉重，几乎要把她的心压垮。

那个人竟然付出了这么多——她想着隔壁的数学老师。

靖子从未听石神提起过富樫的尸体是如何处理的，他只说这种事不用她考虑。靖子记得石神曾在电话里语气平淡地说了一句"我会处理妥当，不必担忧"。

靖子的确觉得奇怪，警察询问的为什么是案发后第二天的不在场证明？在此之前，石神已经安排好花冈母女三月十日晚上的行动：去电影院、拉面店、KTV，并在深夜接通电话。每一项都按照石神的指示完成，但靖子并不明白这么做的目的。警察来询问不在场证明时，靖子照实回答了，但她很想反问为什么是三月十日。

现在她全明白了。警方的调查令人费解，原来是因为石神的设计，只是这个设计实在太骇人听闻了。听完汤川的说明，靖子心知除此之外的确没有其他可能，但她还是无法相信。不，是不愿相信。她不愿相信石神为她做到了这个地步，不愿相信石神为了她这样一个毫无长处、平凡无奇又没有多大魅力的中年女人，断送了一生。靖子觉得她的心没有强大到足以承受这一切。

她捂着脸，什么也不愿去想。汤川说不会告诉警方，因为这都是他的推论，没有任何证据，靖子可以自由地选择未来的道路。靖子憎恨逼迫她的汤川，因为这将是何等残酷的抉择。

靖子不知道今后该怎么办，连站起来的力气也没有，只能像石头一样蜷起了身子。这时，突然有人拍了拍她的肩膀。她吓了一跳，猛地抬起头。

有人站在她身旁。她仰起脸一看，发现工藤正担心地低头看着她。"你怎么了？"

靖子一时不明白工藤为什么会在这里。她看着对方，想起两人本来约好了要见面。大概是看靖子没有出现在会合地点，工藤因为担心便过来找她了。

"对不起。我有点累了……"靖子想不出别的借口。她真的累坏了，不是身体，而是精神已疲惫不堪。

"身体不舒服吗？"工藤柔声说。

温柔的话语在现在的靖子听来，只显得空洞至极。她意识到不明真相有时也是一种罪恶，不久之前的她就是如此。

"不要紧。"靖子说着想站起身，却突然踉跄了一下。工藤伸手扶住她，她低声道谢。

"出什么事了？你的脸色不太好。"

靖子摇摇头。工藤不是可以倾诉实情的对象，这个世界上也没有这样的对象。"没什么，就是有点不舒服，休息了一会儿。现在已经好多了。"她想让声音听起来精神点，但怎么也提不起劲。

"我的车就停在那里。稍微休息一下，我们就走吧。"

闻言，靖子不由得看向工藤。"走？去哪里？"

"我预订了餐厅，说好七点到，不过晚到三十分钟左右也没关系。"

"啊……"

"餐厅"这个词听起来也像是另一个世界的。接下来要在那种地方用餐吗？要怀着这样的心情，面带假笑，优雅地用刀叉吗？可是，工藤并没有任何过错。

"对不起。"靖子低声道，"我实在没有这个心情，还是等我身体好些再说吧。今天……怎么说呢……"

"明白了。"工藤伸出手，不让靖子再说下去，"还是这样比较好。最近发生了这么多事，你当然会觉得很累。今天就好好休息吧。仔细想想，这段时间你都过得心惊胆战的，应该让你稍微缓一缓。是我太着急了，对不起。"

看着坦诚道歉的工藤，靖子再次觉得他是一个好人，打心底在替她着想。明明有这么多人爱她，为什么她仍得不到幸福？靖子感到一阵空虚。

工藤几乎是半推着靖子向前走。他的车就停在数十米远的地方，他表示要送靖子回家。靖子知道应该拒绝，最后还是接受了他的好意。她清楚回家的那段路将会无比漫长。

"真的不要紧吗？如果有什么事，希望你能如实告诉我。"坐进车里之后，工藤再次问道。想来是靖子现在的状态令他放心不下。

"嗯，我没事，对不起。"靖子朝他一笑，在竭尽全力地表演。

无论从何种意义而言，靖子都满心歉疚。这份歉意让她想起她还不知道工藤今天想见面的原因。"工藤先生，您不是说今天有重要的事要说？"

"嗯,本来是有。"工藤垂下眼睛,"不过今天就算了。"

"是吗?"

"嗯。"工藤发动了引擎。

靖子坐在工藤的车里,神思恍惚地望着窗外。天已经完全黑了,街道渐渐变幻出夜晚的模样。靖子想,如果一切就这样化为黑暗,世界由此走向终结,不知该有多轻松。

工藤在公寓前停下车。"好好休息。我会再联系你。"

靖子"嗯"了一声,点点头,握住车门把手。她正准备下车时,工藤突然开口道:"等一下。"

靖子回过头,只见工藤舔了一下嘴唇。他重重地拍了两下方向盘,将手伸进西装口袋。"还是现在就说了吧。"

"什么?"

工藤从口袋里拿出一个小盒子,里面装着什么一目了然。"这种场景在电视剧里经常看到,所以其实我不太想模仿。不过再怎么说,这也算是一种仪式吧。"工藤说完,在靖子面前打开了小盒子。是戒指,大大的钻石绽放出细碎的光芒。

"工藤先生……"靖子惊讶地凝视着工藤。

"不用现在马上回答。"工藤说,"我们也得考虑美里的想法,当然在此之前,你的想法才是第一位的。我希望你能明白,我没有开玩笑,也不是一时冲动。现在的我有信心能让你们母女幸福。"工藤拉起靖子的手,将小盒子放到她的掌心。"你不用因为收下了这个而有心理负担,这只是个礼物。但如果你决定和我共度余生,这枚戒指就拥有了特别的意义。你能考虑一下吗?"

感受着小盒子在掌心的重量,靖子陷入迷惘。由于太过吃惊,工藤的告白她连一半也没听进去,但她还是明白了对方的意思。也正是因为明白，才心慌意乱。

"对不起，是不是有点太唐突了？"工藤露出害羞的笑容，"你不用急着回答，也可以和美里商量一下。"说着，他合上了靖子手中小盒子的盒盖。"拜托你了。"

靖子想不出该说什么，种种思绪萦绕在她的脑海中，石神自然也在其中——不，应该说石神占据了大部分。"我会……好好考虑。"光是说出这个回答，已经让她筋疲力尽。

看到工藤表示理解似的点点头，靖子下了车。

目送工藤的车远去后，她转身回家。开门时，她的视线投向了隔壁的房门。信箱里早已塞满信件，其中却没有报纸，想必石神在自首前已经退订了。哪怕是这种小事，石神也一定会考虑周全。

美里还没回来。靖子瘫坐在地，长出了一口气。她突然想起了什么，拉开身旁的抽屉，取出放在最里面的饼干盒，打开了盖子。这是用来存放旧信件的盒子，靖子从最下面抽出了一个信封。信封上什么也没写，里面有一张报告用纸，上面写着密密麻麻的字。

这是石神打来最后一个电话前，投进靖子家信箱的。一起投进来的还有三个信封，每个信封里的内容都表明石神曾经跟踪过靖子。那三封信现在在警察手里。

这张纸上对如何利用三封信和如何应对随时可能登门的警察，进行了详细的说明。这些指示不仅有给靖子的，还有给美里的。在这份细致周到的说明中，石神预想了所有情况，好让花冈母女无论受到怎样的质问，都能自如应对。靖子和美里正是因此才能不慌不忙、理直气壮地与警察对峙。如果现在不妥当应对，让谎言被拆穿，石神的苦心都将化作泡影。不仅靖子有这种想法，美里恐怕也是同样的心情。

在说明的最后，石神加了如下一段话：

工藤邦明先生是一个诚实可靠的人。和他结婚想必能提高你和美里获得幸福的概率。请你彻底忘记我。绝对不要有负罪感，因为如果你不能得到幸福，我做的一切就都将是徒劳。

重读一遍后，靖子再次泪流满面。

她从未遇到过如此深沉的爱情。不，她甚至不知道这世上竟有这样的爱情。在石神那张毫无表情的面孔下，潜藏着常人难以估量的爱意。

得知石神自首时，靖子以为他只是为她们母女顶罪。现在她已经从汤川那里知晓了一切，石神灌注在那段文字中的情感，此刻越发猛烈地刺入了她的心。她想告诉警察，想坦白一切，但这样也无法拯救石神，因为他同样杀了人。

靖子的目光停在工藤送的戒指盒上。她打开盒盖，凝视着戒指的光泽。事已至此，也许至少该如石神所希望的那样，抓住母女二人的幸福。就像石神写的那样，如果在这里退缩，他的苦心就白费了。

隐瞒真相是痛苦的。心里藏着秘密，即便抓住了幸福，又真的能感到幸福吗？毫无疑问，她将不得不抱着自责度过一生，她的心也不会再得到片刻安宁，而忍受这些痛苦，或许是她能做出的最大补偿。

靖子把戒指戴到了无名指上，钻石很美。如果能心无愧疚地投入工藤的怀抱，那该有多么幸福，可这是永远也无法实现的梦。她的心不会再放晴，反倒是石神的心中没有一丝阴霾。

靖子将戒指放回盒中。这时，手机响了，屏幕上显示的是一个陌生号码。

"喂,您好。"靖子接起电话。

"喂,请问您是花冈美里的母亲吗?"一个男人的声音传来,听着并不耳熟。

"对,是的。"靖子有一种不祥的预感。

"我是森下南中学的坂野,突然联系您,非常抱歉。"

森下南中学是美里就读的学校。

"那个……是美里出什么事了吗?"

"是这样的,我们刚才在体育馆后面,发现美里同学倒在地上。嗯……那个……好像是用刀或什么东西割腕了。"

"啊……"靖子的心剧烈跳动着,她几近窒息。

"因为流了很多血,我们立刻把她送到了医院。还好没有生命危险,请您放心。只是……美里同学有可能是自杀未遂,所以我想应该告诉您一声……"对方的后半句话几乎没能传入靖子耳中。

眼前的墙上有无数斑痕,从中挑出几个恰当的斑点,在脑海中用直线相连,便能得到由三角形、四边形和六边形组合而成的图案。接着分别用四种颜色给每一个图形填色,要求相邻的两个图形不能使用同一种颜色。当然,这一切都是在脑海中进行的。

石神在一分钟内完成了这道题。他将脑海中的画面清除,然后选择其他斑点,重复刚才的步骤。虽然简单,但无论重复多少次都不会厌倦。做腻了四色问题,就用墙上的斑点做解析几何题。光是计算墙上所有斑痕的坐标,估计就要花上不少时间。

身体上的拘禁算不了什么,他想,只要有纸和笔,就能研究数学。即便手脚被束缚,在脑子里做相同的事就行了。就算看不见、听不到，也没有人能干涉他的大脑。对他来说，那里是无边无际的乐园，名为数学的宝藏正沉睡在那里，想要把宝藏全部挖掘出来，一生的时间未免太短。

石神再次感到他不需要得到谁的认可。有一种欲望是发表论文并收获好评，然而这并非数学的本质。谁是第一个登上那座山峰的人固然重要，但这种事自己一个人明白就足够了。

即便是石神，到达这个境界也花了一些时间。不久前，他险些失去活着的意义。他觉得自己只擅长数学，如果不能走这条路，也就不再拥有活在世上的价值了。每天只想着死，反正他死了也不会有人悲伤和苦恼。他甚至认为不会有人发现他已经死去。

那是一年前的事。石神站在屋里，拿着一根绳子，正在寻找能悬挂绳子的地方。没想到公寓的房间里竟然没有这种地方。最后，他只得往柱子上钉了粗钉子，再将系成环状的绳子挂上去，确认能否承受他的体重。柱子嘎吱作响，但好在钉子没弯，绳子也没断。

他了无牵挂。寻死并不需要理由，因为也没有必要活下去，仅此而已。

石神站到台子上，正要把脖子伸进绳圈时，门铃响了。

那是命运般的铃声。

之所以没有置之不理，是因为石神不想给任何人添麻烦。门外的人也许是有急事才来的。

他打开门，只见门外站着两名女子，像是母女。

母亲模样的女人向石神问候了一声，说她们刚搬来隔壁。女儿也在一旁低头致意。见到两人的那一刻，有什么东西似乎贯穿了石神的身体。

石神想，这对母女的眼睛真美。他此前从未对美丽的事物着迷或是感动，也不懂艺术的意义。然而在那一瞬间，他全都理解了。他意识到这和解开数学问题的美感，在本质上是相同的。

她们寒暄了些什么，石神记不清了，但两人注视他时流转的眼波和眨眼的模样，至今仍鲜明地印刻在他的记忆里。

与花冈母女相遇后，石神的生活焕然一新。他不再有想死的念头，而是获得了生的喜悦。仅是想象她们在哪里做什么，就觉得很快乐。名为世界的坐标系上有了靖子和美里这两个点，对他来说就像是奇迹。

星期天是他最幸福的时候。打开窗户就能听到母女二人的说话声。他听不清内容，但乘风而来的微弱话语对他来说是最美妙的音乐。

石神完全没有想过要和她们发生些什么，他心知自己不可以去触碰，也意识到数学对他来说同样如此。能与崇高的事物有所关联，就已经足够幸福了，妄想博取声名则意味着损害尊严。

对石神而言，帮助那对母女理所当然。没有她们就没有现在的自己。他做的不是顶罪，而是报恩。花冈母女恐怕丝毫没有察觉。这样最好。有时候，一个人只要好好活着，就足以拯救某人。

看到富樫的尸体时，石神的脑中已经有了一个计划。

想要绝对完美地处理尸体极其困难。无论做得多么巧妙，也无法使身份被查明的概率降为零。此外，即使侥幸隐瞒成功，花冈母女也无法安心，她们将一直生活在尸体不知何时就会被发现的恐惧之中。石神不能容忍她们遭受这样的煎熬。

能让靖子她们安心的方法只有一个：把案子和她们完全分割开。只要把案子转移到一根看似相连、却绝无可能相交的直线上即可。

因此，他决定利用"技师"——那个在新大桥旁刚刚开始流浪生活的男人。

三月十日清晨，石神找到了技师。和往常一样，他正坐在远离其他流浪汉的地方。石神说有一份工作想委托他，内容是做河流工程的现场监督。石神早已注意到技师过去从事的是建筑方面的工作。技师很惊讶，不知石神为什么会找他。石神说其中另有隐情，原本承接这项工作的人因事故去不了了，但没有现场监督就拿不到工程许可，所以需要一个人代替。

收到五万日元预付金后，技师答应了。石神带他到富樫租借的短租旅馆，让他在那里换上富樫的衣服，并安排他在屋里一直待到晚上。

夜晚，石神把技师叫到瑞江站。他已经事先在篠崎站偷了一辆自行车。要尽可能选择新车，因为车主如果闹出什么动静来，对他更为有利。石神还准备了另一辆自行车，是他在瑞江站的前一站——一之江站偷的。那是一辆旧车，也没有锁好。他让技师骑上新车，两人一起去了后来的案发现场，也就是旧江户川沿岸。

至于后面的事，每次一回想，石神的心情都会变得沉重。恐怕直到咽气的那一刻，技师都不明白自己为什么必须得死。

不能让任何人知道有第二桩命案。尤其是花冈母女，绝对不能让她们发觉。为此，石神特地用了同样的凶器和手法勒死了技师。

富樫的尸体被石神在浴室里切成六块，分别拴上重物后扔进了隅田川。抛尸均在深夜进行，从三个不同的地点丢弃，一共花了三个晚上。也许终有一天会被发现，但已经无所谓了，警方绝对查不出死者的身份，因为在他们的记录中，富樫早已经死了。同一个人不可能死两次。

这个诡计恐怕只有汤川能够识破，于是石神选择向警方自首。

打从一开始，他就做好了心理准备，也安排好了一切后续。

汤川会告诉草薙，而草薙可能会汇报给上司，然而警方却无法采取任何行动。被害人的身份有误，这件事已经无法证明。石神猜测他应该很快就会被提起公诉。事到如今，整个案件已经不可能推翻重来，也缺乏从头再查的依据。无论天才物理学家的推理多么出色，也战胜不了凶手的自白。

我赢了，石神想。

报警器响了，是提示有人进出拘留所。看守从椅子上站了起来。

简单的对话过后，有人进来了。站在关押石神的那间屋子前的是草薙。看守命令石神出来。搜身完毕后，他被移交给草薙。其间，草薙一言不发。

一走出拘留所的门，草薙便转身面向石神。"您的身体如何？"

这个警察到现在还用敬语，是别有用意，还是出于个人习惯？石神无从得知。"的确有点累了。可以的话，希望能早点进入司法程序。"

"那就让今天的审讯成为最后一次吧。我想请您见一个人。"

石神皱起眉头。会是谁？总不可能是靖子吧？

两人走到审讯室前，草薙打开了门。出现在里面的人是汤川学。他看上去很消沉，一动不动地凝视着石神。

这是最后一道难关——石神打起精神。

两个天才隔着桌子沉默了一会儿。草薙靠墙站在那里，看着二人。

"你好像瘦了一些。"汤川先开口道。

"是吗？我一直在好好吃饭。"

"那就好。我说，"汤川舔了一下嘴唇，"被贴上跟踪狂的标签，你不觉得懊恼吗？"

"我不是跟踪狂。"石神答道，"我已经说过很多次了，我是在暗中保护花冈靖子。"

"这个我知道，我还知道你至今仍在保护她。"

石神立刻露出不悦的表情，抬头望向草薙那边。"我不觉得这种交流对你们查案有帮助。"

见草薙沉默不语，汤川说道："我和他说了我的推理，包括你真正做了什么、杀了谁。"

"这是你的自由。"

"我也对她说了，对花冈靖子。"

听到汤川的话，石神的脸颊抽搐了一下，不过他立刻换上了冷笑的表情。"那个女人有没有表现出一点反省的样子？有没有感谢我？我帮她解决了一个麻烦的家伙，可她是不是厚颜无耻地说这件事和她没有任何关系？"

望着石神撇着嘴伪装坏人的模样，草薙胸口发闷。他只能感慨，一个人深爱另一个人，竟会如此一往而深。

"看来你是相信，只要你不坦白，真相就永远无法揭开，但事实并非如此。"汤川说，"三月十日，有一个男人失踪了，一个完全无辜的人。只要查明此人身份，找到他的家人，就可以做DNA鉴定；再和被警方认定为富樫慎二的尸体进行对比，就能判定死者的真正身份。"

"我不太懂你说的话。"石神脸上浮现出微笑，"那个男人应该没有家人吧？就算还有其他方法，要查明尸体的身份也需要花费巨大的人力和时间。到那时，对我的审判早已经结束了。无论判决结果如何，我都不会上诉。一旦结案，整件事就了结了，富樫慎二的命案就此盖棺定论，警方无法再作干涉。还是说，"他看了看草薙，"警方听了你的话之后，会改变态度？但这样的话，你们必须先释放我。那么理由是什么呢？因为我不是凶手？可我确实是凶手。你们要怎么处理这份供述？"

草薙垂下了头。的确如石神所言，除非能证明他的供述是假的，否则警方无力阻止司法程序推进。刑侦部门的办案流程就是这样。

"我只想对你说一件事。"汤川说。

石神回视对方，仿佛在问"你想说什么"。

"看到你不得不把头脑……卓越不凡的头脑用在这种地方，我非常遗憾和难过。失去了这个世上独一无二的劲敌，也让我无比痛心。"

石神紧抿双唇，垂下了目光，似乎在忍耐什么。片刻后，他抬头望向草薙。"他说完了，可以结束了吗？"

草薙看了看汤川，汤川默默点头。

"我们走吧。"草薙打开门。

石神率先走了出来，汤川紧随其后。草薙打算不管汤川，先把石神带回拘留所。这时，岸谷从通道的转角处出现，身后跟着一个女人。

是花冈靖子。

"怎么回事？"草薙问岸谷。

"这……她联系我说有话要讲。就在刚才……我听她说了那些惊人的事……"

"你一个人听的？"

"不是，组长也在。"

草薙看向石神。石神脸色苍白,他盯着靖子,眼里布满了血丝。"为什么要来这里……"他低声说。

靖子如冻住了一般僵硬的面孔转眼间近乎崩溃,泪水溢出了眼眶。她走到石神的面前,突然跪倒在地。"对不起,真的非常对不起。你为了我们……为了我这样的人……"她的后背剧烈地颤抖着。

"你在胡说什么!你胡说什么……说这种蠢话……说这种蠢话……"石神仿佛念咒一般呢喃着。

"只有我们得到幸福……我做不到。我也要赎罪,我要接受惩罚。和石神先生一起接受惩罚,我能做的只有这个。我能为你做的只有这件事。对不起。对不起。"靖子双手撑地,头抵着地板。

石神摇着头往后退,表情因痛苦而扭曲。

他突然转过身,双手抱住了头。

"啊——啊——"

石神发出了野兽般的嘶吼,悲鸣中交织着绝望与混乱。听到的人无不为之惊心与动容。警察急忙赶来,试图制伏他。

"别碰他!"汤川挡在他们面前,"至少,让他哭一会儿……"

汤川在石神身后,将手放到了他的双肩上。

石神继续嘶吼着。在草薙看来,他仿佛正呕出灵魂。

这是我最好的正统派推理小说
——专访东野圭吾

——此前敝社已出版"神探伽利略"系列的两部短篇集《侦探伽利略》和《预知梦》,这次推出的《嫌疑人X的献身》是该系列的首部长篇小说。

东野:这个系列中的短篇,要写诡计或者说是手法,得使尽浑身解数。至于这部作品,主人公是罪犯、嫌疑人,连我自己都感受到了这个人物的魅力,所以想认真写成一部长篇。

——主人公石神被设定为数学家,与学生时代相识的汤川棋逢对手。

东野:怎样的罪犯能让汤川感到困扰呢?我想到的是会运用正统派推理逻辑的主人公,而能做到这一点,还得是与物理学家相对应的数学家。

——您对数学家抱有怎样的印象？

东野：执笔之际，我见过一些数学家，我自己在大学时代也学过相当专业的数学知识。真正的数学家，思维与普通人完全不同，他们观察与理解事物的方式恐怕也完全不同。我本人还算擅长数学，但人外有人，我怎么都无法理解他们的世界观。打个不太恰当的比方吧，有人靠训练获得了类似绝对音感的东西，有人则天生拥有绝对音感，二者听到的声音完全不同，对吧？诸如此类。

我曾在一本书中读到，科学不存在极限。但人类理解科学的能力是有极限的，不是吗？数学就是最好的例子。发表某项理论时，我们会向世界各国的著名数学家公开情报，请大家检验。一旦得到权威人士的认证，自然就能得到大众的认可。学问渐渐变得艰涩难懂，有些人就无法理解了，于是形成了一个顶端只有七个人左右的金字塔。

——本书中出现了四色问题、P ≠ NP 问题等数学难题。
P ≠ NP 问题是现今悬赏百万美元求解的七大问题之一，非常有趣且带有哲学意味。

东野：我把石神设定成了我这个年纪的人。四色问题在我的学生时代就已经解决，当时还曾引发轰动。对此，我在本书中表达了不满，就那种证明方法也可以吗？（笑）这是一个旷日持久的谜，恰好又在石神的学生时代被解开，就更具象征意义了。

——外行对数学存在误解,以为就是有数字出现、套套公式之类的。

东野:数学不止这个层次。在我们看来,像 P ≠ NP 这样"给出答案"和"验证答案是否正确"哪个更难之类的问题,哪算什么数学呢?

然而,真正的数学就是如此。几乎所有的事物都能用数学说明,问题在于人类能探究到什么程度。

数学家就算想终其一生只研究数学,时间也不够用。二十多岁时有了厉害的构想,也并不意味着完成。他们要以此为基础,用一生的时间去积累和深挖。这门学问永无止境,因此可以持续探求,直到死亡。

东野圭吾版《西哈诺·德·贝热拉克》

——如果不是真心喜欢的话,就做不到这些吧?(笑)

那位数学家爱慕在便当店工作、住在同一公寓的邻居花冈靖子。他意外得知靖子杀死前夫的事,于是试图帮助她。您说过,最初您想写类似《西哈诺·德·贝热拉克》的故事。

东野:很多男人都有老好人的一面,心里觉得"我的爱恐怕无法传递给对方"。但如果对方有意中人或其他获取幸福的方式,哪怕与自己毫不相关,男人宁愿牺牲自我也会去成全对方。

——所有男人都是这样吗?我没有"东野先生是这样"的意思。

东野:啊,大家都是这样的,多少怀有这样的心意吧。当然,我不确定能不能达到石神那样的程度。我觉得这不是单纯的骑士精神,而是男性的一种基因吧。你看,各种生物,或者说各种动物当中,雄性都有宁可牺牲自我也要留下后代的习性,不是吗?我认为人类也保留着这样的基因。

——罪犯是数学家,进行了一场"西哈诺"式的恋爱——这次您是以这样的构想开始动笔的。那么,有没有什么角色或情节是在写作过程中出现的呢?

东野:有不少地方是写作过程中擅自出现的。典型的例子就是工藤这个人物,靖子在夜总会工作时认识了他。此人在我写作过程中突然出现了。我没打算写这个人,是他擅自去了靖子工作的便当店。(笑)

——我一直以为这个人物是原先就设定好的。《西哈诺·德·贝热拉克》里不也有一个类似的角色吗?有他和没他,这部小说是完全不一样的吧。

东野:是的。不过,他不是事先计划好的,而是突然走进便当店,把靖子吓了一跳:这是谁啊?为什么会认识我啊?哦,原来是过去的老主顾。

——在短篇集《侦探伽利略》中，草薙从汤川那里得到启发并破案，而这次的长篇不同，汤川被迫处在与草薙和石神友谊的夹缝中。在此前的作品里，汤川非常冷酷，给人一种不会为任何事所动的印象，但这次他却极为苦恼。汤川富有人情味的一面也得以展现。

　　东野：如果没有汤川，草薙完全不可能接近真相，他甚至不会怀疑石神。侦探通常会站在解谜者的立场上，但这次承担侦探角色的汤川反而成了解谜用的材料。

　　——正因为汤川了解过去的石神，才会想到这不是他素来的作风，从而起了疑心。若非如此，石神的犯罪多半不会失败。

　　东野：可不是吗？不过因为会泄底，我不能说得更详细了。

"献身"一词的含义是什么？

　　——花冈靖子这位女主角的形象塑造得非常好。书中设定靖子年近四十，有一个正在上初中的女儿，母女俩相依为命。为了靖子，石神做出了巨大牺牲，却认为不必让自己所爱的女人知道。（笑）真是让人难过啊。
　　通篇看下来，我想书名里的"献身"一词只可能代指这个了。最后有个场景，靖子说心中没有丝毫阴霾的反倒是石神。石神确实没有阴霾，对吧？

东野：是的。我被大家称为推理小说家,但此前写了各种类型的作品。像《秘密》,虽被定义成推理小说,实际上比较微妙。不过,在着力处理案件的正统派推理小说中,我认为《嫌疑人X的献身》应该算是我最好的作品。时隔许久,我终于写出了一本真正像推理小说的推理小说。连我自己都没想到能写得那么顺利,真的。

——连责任编辑都被骗得团团转。(笑)

东野：是啊。连载的时候,杂志的责编每次都发来邮件,最后说完全被骗倒了。(笑)

在下一部作品里,会有让汤川苦恼的女人?

——能否打听一下汤川系列下一部作品的构想呢?

东野：细节部分还没敲定。这次我需要一个比汤川更会运用逻辑、足以困扰他的人来充当罪犯,所以把角色设定为数学家。下次我想把罪犯设定为女性,描写女人才能够完成的犯罪。我想塑造个人物,这个人能构想出男人或物理学家难以理解的东西,给汤川制造烦恼。

——东野先生的女性观是这样的吗?女性很难理解吗?(笑)

东野：比如说啊，和女士一起去购物时，就算我说"你不是已经有了同款的黑色提包吗"，但在对方看来，只要材质不同或细微处有差异，就完全是另一样东西。男人则会想我已经有差不多的东西了，所以不需要了。像这样微不足道的小事，男人却无法理解。我觉得还挺有趣的。

——过去在女性身上发现的这些意外之处积累起来，可以在下一部作品中发挥作用。

东野：积累得可真不少了。（笑）我不太擅长写女性角色，但我想现在是时候了。我觉得《嫌疑人X的献身》里的靖子写得还挺好的，虽然她的心理非常难把握。她得到了石神的帮助，但又有点厌烦；很感激，却又有点心理负担。诸如此类的。（笑）

——比如，想和工藤在一起，可又不知该如何是好，对吧？（笑）

东野：心中想着要是和工藤先生在一起了，那位石神老师会生气吧？（笑）

——我很能理解靖子身为女性，年近四十时这种摇摆不定的感觉。

东野：直到最后她还有点犹豫，即使在知道了那惊人的真相之后。（笑）

——既可以读完后从头寻找文中的伏线，也可以从女性心理的角度去阅读，还可以当物理和数学小说阅读。《嫌疑人X的献身》真是一部丰富而立体的小说，可以从非常多样的视角去解读。

2005.8.20 原载于文艺春秋官方网站

图书在版编目(CIP)数据

嫌疑人X的献身 / (日) 东野圭吾著;张舟译. --
海口:南海出版公司, 2022.6
 (东野圭吾作品)
 ISBN 978-7-5735-0001-4

Ⅰ. ①嫌… Ⅱ. ①东… ②张… Ⅲ. ①推理小说-日本-现代 Ⅳ. ①I313.45

中国版本图书馆CIP数据核字(2021)第257896号

著作权合同登记号 图字:30-2021-045

YOGISHA X NO KENSHIN by HIGASHINO Keigo
Copyright © 2005 HIGASHINO Keigo
All rights reserved.
Original Japanese edition published by Bungeishunju Ltd., Japan in 2005.
Chinese (in simplified character only) translation rights in P.R.C. reserved by Thinkingdom Media Group Ltd., under the license granted by HIGASHINO Keigo, arranged with Bungeishunju Ltd., Japan through The Sakai Agency, Japan and BARDON CHINESE CREATIVE AGENCY LIMITED, Hong Kong.

嫌疑人X的献身

〔日〕东野圭吾 著
张舟 译

出　　版	南海出版公司　(0898)66568511
	海口市海秀路51号星华大厦五楼　邮编 570206
发　　行	新经典发行有限公司
	电话(010)68423599　邮箱 editor@readinglife.com
经　　销	新华书店
责任编辑	张　锐
特邀编辑	徐晏雯　倪莎莎　刘羽悦
装帧设计	韩　笑
内文制作	王春雪
印　　刷	山东韵杰文化科技有限公司
开　　本	850毫米×1168毫米　1/32
印　　张	8.5
字　　数	190千
版　　次	2022年6月第1版
印　　次	2024年3月第8次印刷
书　　号	ISBN 978-7-5735-0001-4
定　　价	59.00元

版权所有,侵权必究
如有印装质量问题,请发邮件至zhiliang@readinglife.com